茵梦湖

〔德〕施笃姆 著 / 杨武能 译

云南出版集团
云南美术出版社

果麦文化 出品

[目 录]

茵梦湖　　　　　　001

木偶戏子波勒　　　063

茵梦湖

Immensee

在那一带青山后面,
留下了咱们的青春。
可如今它到哪儿去了呢?

老人

晚秋的一天午后,从城外倾斜的大道上漫步走下来一位衣冠楚楚的老人,看样子是散完步准备回家去。在他穿的那双眼下不再时兴的带银扣的鞋上,已经扑满了尘土。他腋下夹着一条细长的金头藤手杖,神态安详自如,时而瞅瞅周围的风景,时而望望面前山下静卧在落日余晖中的城市。他满头银发,奇怪的是一双眼睛却依然黑黝黝的,恰似那业已逝去的青春韶华,如今全都躲藏在了他的这双眼睛里。他看上去颇像个异乡人,过往的行人很少有谁跟他打招呼,虽然他们常常情不自禁地要注视一下老人那双严肃的眼睛。终于,他在一幢带三角墙的高大楼房前停下来,掉头再望望下边的城市,然后就跨进门厅里去了。门铃响过以后，房里能看清门厅的一个窥视孔后的绿色帘子拉开了，出现了一张老妇人的脸。老人举起手杖来向她致意。"怎么还不点灯喽！"他讲话微带南方口音。女管家放下了窥视孔上的布帘。老人走进宽敞的过道，来到一间在四壁的大橡木柜中摆着各式瓷花瓶的客厅，穿过一道正对面的门，进入一条小走廊，这儿有一道狭窄的楼梯，通到后楼的卧室去。他慢慢爬上楼，打开一扇房门，走进一间不大不小的房间。房中舒适而宁静，有一面墙几乎全让书架给遮住了，另一面墙上则挂着一幅幅人像画和风景画；一张铺了绿色台布的桌子上，随意摊着几本翻开了的书；桌子前面，立着一把配有红绒坐垫的古老、笨重的扶手椅。老人把帽子和手杖放到屋角里，然后就在扶手椅中坐下来，一只手握着另一只手，像是散步走累了，想要休息休息。他这么坐着，天便渐渐黑了。终于，月光透过玻璃射进屋来，落在墙头的油画上。明亮的月光缓缓移动，老人的眼睛也跟着一点点转过去。这当儿，月光正好照着一幅嵌在很朴素的黑色框子里的小画像。"伊丽莎白!"老人温柔地轻轻唤了一声,唤声刚出口,他所处的时代就变了——他又回到了自己的少年时代。

儿时

转眼间向他跑过来一个模样儿可爱的小姑娘。她叫伊丽莎白,看上去五岁光景,他自己年龄则比她大一倍。小姑娘脖子上围着条红绸巾,把她那双褐色的眼睛衬托得更加好看。

"莱因哈德,"她嚷着,"咱们放假啦!放假啦!今天一整天不上学,明天也不上学。"

莱因哈德把已经夹在胳膊底下的石板飞快往门后一搁,两个孩子随即冲进房前的花园,穿过园门,奔到野外的草地上去了。这突如其来的假日真令他俩喜出望外。莱因哈德在伊丽莎白的帮助下,已用草皮在这里搭起一间小屋子,他俩打算在里边度过夏天的黄昏,不过目前还缺少坐的板凳。莱因哈德马上动手干起来，钉子、榔头和必需的木板反正是准备好了的。这期间，伊丽莎白却顺着土堤走去，一边走一边捡野锦葵环形的种子，把它们兜在自己的围裙中，以备将来串项链什么的。莱因哈德尽管敲弯了不少钉子，到底还是把板凳做出来了，当他大功告成后跑到外边阳光灿烂的草地上时，小姑娘已经走在离他远远的草地的另一端。

"伊丽莎白！"他喊，"伊丽莎白！"女孩应声跑来，头上的鬈发在风中飘动。"快，"他说，"咱们的房子已经全部完工啦。瞧你跑得多热，赶快进去，咱们可以坐在新板凳上。我要给你讲个故事。"

两人随即钻进小屋，坐在刚钉成的凳子上。伊丽莎白从围裙中掏出锦葵籽来，把它们串在长长的线上；莱因哈德于是讲开了故事：

"从前，有三个纺纱女……"

"嗨，"伊丽莎白打断他，"我都已经背熟啦，你可别讲来讲去总是这个故事哟。"

莱因哈德不得不丢开三个纺纱女的故事,讲起一个被扔进狮穴中的可怜人的故事来。

"……这时候已经是夜里,"他讲,"你知道吗?四周漆黑漆黑的,狮子也都睡觉了。可不时地,它们在睡梦里打着呵欠,还吐出红红的舌头。那个人吓得直哆嗦,以为是快天亮了。这当儿,他周围突然一下变得亮堂堂的,抬头一瞅,一位天使站在他面前。天使对他招招手,然后就照直走进岩石中去了。"[1]

伊丽莎白专心致志地听着。"一位天使?"她问,"他该有翅膀的吧?"

"这只不过是个故事,"莱因哈德回答,"实际上压根儿没有什么天使。"

"啊,呸,莱因哈德!"女孩说,同时呆呆地望着他的脸。当莱因哈德不高兴地瞪她一眼以后,她又怯生生地问:"干吗他们总这么讲呢?妈妈,阿姨,还有在学校里?"

1　见《圣经·旧约·但以理书》。

"这个我不知道。"他回答。

"可你说,"伊丽莎白又问,"狮子是不是也没有呢?"

"狮子?有没有狮子?有,在印度。那儿的异教祭师把它们拴在车子前头,驾着它们拉的车穿过沙漠。等我长大了,我要亲自去看看。那儿比咱们这里美好不止一千倍,那儿根本没冬天。你也得跟我一块儿去。你愿意吗?"

"愿意,"伊丽莎白回答,"可妈妈也得一块儿去,还有你的妈妈。"

"不行,"莱因哈德说,"那时候她们太老了,不能跟着去。"

"可我是不许单独出门的呀!"

"他们会许可的。你那时已真正做了我的妻子,其他人再不能命令你什么了。"

"可我妈妈会哭的呀!"

"我们还会回来嘛,"莱因哈德着起急来,"你干脆说,愿不愿意跟我去?不去我一个人去,去了再不回来啦。"

小姑娘差点儿没哭出声。"别这么生气呀，"她说，"我跟你到印度去就是。"

莱因哈德高兴得忘乎所以，一把抓住女孩的双手，拽着她飞跑到了草地上。"到印度去喽！到印度去喽！"他一边唱，一边拉着小女孩转圈子，使她脖子上的红绸巾飘扬起来。唱着转着，他突然放开小姑娘的手，一本正经地说："不行，去不了，你没有勇气。"

——"伊丽莎白！莱因哈德！"这当儿从园门边传来家里人的唤声。

"这儿呐！这儿呐！"孩子们边回答，边手拉着手朝家中跑去。

林中

两个孩子就这么在一起生活。他觉得她常常太安静,她觉得他常常太急躁,但也正因此,便谁都离不开谁,课余的时间几乎总在一道玩儿,冬天在两家母亲并不宽敞的房中,夏天在田野上和树林里。——有一次,伊丽莎白遭到老师的责骂,站在一旁的莱因哈德气得把石板猛地扔到桌上,想把老师的怒气引到自己身上去。老师没注意到他这举动。可这一来,莱因哈德再也不认真听地理课了,反倒在课堂上写了一首长长的诗。他在诗中把自己比作一只年轻的雄鹰,把教员比作一只灰老鸦,伊丽莎白则是一只白色的鸽子。雄鹰发誓一旦翅膀长硬了,定要向灰老鸦报仇雪恨。年轻的诗人眼含热泪,在自己的想象里成了一位非常非常高尚的人。回到家中，便找出一个羊皮面精装的小本子来，在里边雪白雪白的头几页上，工工整整地抄下了自己写的第一首诗。——不久，他转到另一所学校里，和那里年龄相仿的男孩子结下了新的友谊，但这并未影响他跟伊丽莎白的关系。从他过去给她一讲再讲的童话中，现在他动手把那些她最喜欢的写下来，写着写着经常很希望把自己的某个想法也添加进去，只是不知道为什么总是不能如愿以偿，于是只好怎么听来的就怎么写上。写好后送给伊丽莎白，伊丽莎白则将它们珍藏在自己那只小柜子的一个抽屉里。晚上，她常常当着他的面把这些故事念给自己的母亲听；莱因哈德在一旁听着，心中感到莫大的快慰。

七年过去了。莱因哈德为了升学就要离开故乡。伊丽莎白没法设想，她从此有一段时间将完全见不到莱因哈德。使她高兴的是，他有一天对她讲，他将像从前一样为她把童话写下来，附在给母亲的信里寄给她；她呢，也得回信告诉他她是否喜欢它们。动身的日子眼看到了，可在这之前，羊皮面精装的小本子里又增加了一些诗，只不过对伊丽莎白仍是个秘密，虽说这个本子是由于她才存在，那渐渐已写满半本的诗中的大部分，都是因为她才产生的。

六月里，在莱因哈德离家的前一天，亲友们决定再聚会聚会，组织了一次到附近森林中去的郊游。大伙儿先乘一小时车，到了林子边上；然后从车上搬下装食物的篮子，继续步行前进。首先得穿越一片枞树林，林中空气清凉，光线朦胧，地上撒满了细细的枞针。走了约莫半小时，便出了幽暗的枞林，来到一片爽朗开阔的山毛榉林中。这儿一切都是明亮的，翠绿的，从繁密的枝叶间不时投射下来一道道阳光。在人们的头顶上，有一只小松鼠不停地从一棵树枝跳到另一棵树枝。——在一处旷地上，古老的榉树的树冠长拢来，形成了一个绿叶拼成的透明的穹顶，大伙儿便停在下边。伊丽莎白的母亲揭开一个装食物的篮子，一位老先生自告奋勇充当司粮官。

"你们全给我过来，孩子们！"他喊道，"好好记住我要给你们讲的话。现在你们每人分到两块面包，当作早餐。

黄油留在家里了，佐料必须自己去找。林子里草莓多的是，当然喽，只对能找到它们的人而言。谁笨拙无能，就只好啃光面包，生活中到处都一样。你们明白我的意思吗？"

"明白了！"年轻人齐声回答。

"好，"老先生说，"可是，你们瞧，我下面还有哪。咱们老年人在一生中已经奔波得够了，现在就留在家里，就是说留在这儿的几棵大树下，削削马铃薯，生起火来，摆好餐桌，等到十二点再煮煮鸡蛋。为此你们每人都得把自己采的莓子分一半出来给我们，这样我们也好享用一点饭后水果。喏，各奔东西，老老实实把你们的收获带回来吧！"

年轻人扮出各式各样的调皮样儿。

"等等！"老先生再一次嚷起来，"我大概用不着对你们讲：谁要是啥也没找到，谁便啥也不用交。不过你们的小脑瓜儿得给我好好记住，这样他也甭想从咱们老年人这儿再得到什么啦。喏，今天这一天你们受的教诲已经够多了，要是你们再能找到草莓，那日子就算过得不错。"

年轻的人们也感到受的教训够多了，已开始成双成对儿地离开。

"走，伊丽莎白，"莱因哈德说，"我知道有个地方草莓挺多，绝不能让你啃光面包。"

伊丽莎白把草帽上的绿缎带结拢来，挎在手腕上。

"好了，走吧，"她说，"这就是咱们的篮子。"

两人随即走进树林，越走越远，越走越深。四周潮湿而幽暗，不见一线阳光，不闻一点声响，只在头顶上看不见的空中，偶尔传来几声鹰隼的鸣叫。接着面前又出现一片密不通行的丛莽，莱因哈德不得不走在前头开路，这儿折断一根乱枝，那儿挪开一条野藤。一会儿他却听见伊丽莎白在背后唤他的名字，便回过头去。"莱因哈德！"她喊，"等等我呀，莱因哈德！"莱因哈德看不见她，定睛望去，才发现她还远远地在和一些小树纠缠不清，她那稚嫩的小脑瓜儿，只勉强高出丛生的羊齿植物一丁点儿。他只好退回去，把她从乱糟糟的荆棘和灌木丛里领出来，到了一片林中旷地上。这儿开着一朵朵寂寞的野花，花间有一只只蓝色的蝴蝶在翩翩飞舞。莱因哈德从她涨红的小脸上抹开汗湿的头发,想给她戴上草帽,伊丽莎白却不肯。后来他请求她,她终于还是同意他给她戴上了。

"可是,你的草莓究竟在哪儿呢?"临了儿,她停下来深深喘了一口气,问道。

"从前它们就长在这儿,"莱因哈德回答,"也许是癞蛤蟆占了咱们的先,要不就是黄鼠狼或者小山精什么的。"

"准是,"伊丽莎白说,"叶子都还在这里嘛,只是千万别提小山精。走吧,我还一点儿不累,咱们继续找好啦。"

在他们面前横着一条小溪,小溪对面又是森林。莱因哈德把伊丽莎白抱起来,涉水到了对岸。然后走了一会儿,两人又出了阴森的密林,来到一片林中空地上。

"这儿准有草莓,"姑娘说,"连空气也香甜香甜的。"

两人在阳光明媚的草地上寻找起来,然而什么也没找着。

"没有,"莱因哈德说,"那只是野草散发出的香味。"

地上到处间杂地生长着一丛丛覆盆子和冬青,它们之间的空隙又被艾蒿和绿色的浅草填补起来，充满在空气里的浓烈的芳香是艾蒿发出的。

"真叫安静呀，"伊丽莎白说，"其他的人，他们在哪呢？"

莱因哈德压根儿没想到往回走。"等等，看一下风从哪儿吹来的？"说着，他把手举到空中，然而并没刮风。

"别作声，"伊丽莎白说，"我好像听见他们在讲话。朝那边喊一下吧。"

莱因哈德把手罩在嘴上，喊道："喂，到这儿来呀！"——"这儿来呀！"那边应着。

"他们答话了！"伊丽莎白高兴得拍起手来。

"没，连个影儿也没有，那只是回声。"

伊丽莎白抓住他的手。"我怕！"她说。

"别——"莱因哈德告诉她，"压根儿没啥好怕。这里美极了。坐到那边的树荫下去，让咱们歇一歇。咱们一定能找到其他人。"

伊丽莎白坐到一棵枝叶扶疏的山毛榉的树荫下，侧耳谛听着四方；莱因哈德也在离她几步远的一个树墩上坐下来，默默地望着姑娘。太阳当头照着，正是中午最热的时候，一些青色的小蝇振翅停在空中，给日光照射得发出金色的闪光，包围着它们的是一片细柔的嗡嗡嘤嘤，时不时地也从密林深处传来啄木鸟叩击树干的咚咚声，以及生长在森林里的其他鸟儿的鸣啭。

"听！"姑娘突然说，"敲钟了。"

"哪儿？"小伙子问。

"在我们背后。听见了？这会儿已是中午。"

"那么城市也就在咱们后面，只要朝着这个方向一直走，准能碰到其他人。"

两人踏上归途，草莓不准备再找了，伊丽莎白已经很疲倦。终于，从树木间传来大伙儿的欢声笑语，不多时又看到铺在地上当餐桌的耀眼的白布单，只见上边堆着的草莓多不胜计。老先生上衣扣眼里塞着一条餐巾，正一边继续对小年轻们发表道德演说，一边使劲儿地切一块烤肉。

"瞧，赶鸭子的回来啦。"年轻人发现莱因哈德和伊丽莎白从林中姗姗来迟,齐声嚷道。

"请吧!"老先生冲他俩喊,"把手巾里的和帽子里的都抖出来,倒出来!让大伙儿瞧瞧,你俩找到些什么。"

"找到了饥饿和口渴!"莱因哈德回答。

"要是仅只这些,"老先生冲他们举起满满一碗烤肉来说道,"那只好留下让你俩自己享受喽。你们清楚咱们的协议,这儿是不养活游手好闲的人的。"话虽如此,他到底还是经不起人家的再三恳求,接着便开饭了。大伙儿一边吃,一边欣赏着从杜松子丛中送来的画眉的歌唱。

这一天便如此过去了。——话说回来,莱因哈德还是找着了一点儿什么,虽然不是草莓,却也生长在林中。回到家,他便在自己那精致的本子里写道:

此处山丘之旁,
风息静寂无声;
巨树低垂长臂,
姑娘安坐绿荫。

姑娘坐在草丛，
碧草吐放芳馨；
青蝇营营飞舞，
纱翼闪闪晶莹。

森林多么静穆，
姑娘多么聪颖；
棕发沐浴日光，
熠熠如同鎏金。
远方杜鹃欢唱，
我如大梦初醒：
她有金色美眸，
何似林中女神。

这样，她便不再仅仅是一个受他保护的小女孩，对他来说，她已成为他正青春焕发的生命中一切美妙迷人的情感的化身。

姑娘亭立路旁

圣诞节到了。——还在下午,莱因哈德和几位大学生一起,坐在市政厅地窖酒店一张古老的橡木桌旁。墙上的灯点着了,地窖中已变得光线昏暗。但是客人们都不大花钱,几名侍者只好倚靠墙柱闲立着。在屋角里,坐着一个拉提琴的老人和一个弹八弦琴的模样俊俏的吉卜赛女郎,他们也把乐器抱在怀中,没精打采地望着前方出神。

从大学生们坐的桌旁传来开香槟瓶塞的响声。"喝吧,我的波希米亚宝贝儿!"一个阔公子模样的年轻人把满满一杯酒递到姑娘唇边,大声说。

"我不想喝。"姑娘回答,仍坐着一动不动。

"那就唱支歌好啦!"阔公子嚷道,同时扔了一枚银币在她怀中。姑娘慢慢举起手来梳理自己的黑发,老人则凑到她耳旁嘀咕着什么。只见她将头一昂,把下巴支在了八弦琴上。

"为这号人我不唱。"她说。

莱因哈德端起一杯酒站起来,走到她跟前。

"你想干什么?"姑娘倔强地问。

"想看看你的眼睛。"

"我的眼睛跟你有什么相干?"

莱因哈德目光灼灼地俯视着她,道:"我清楚,它们是不诚实的!"

姑娘手托着腮,警惕地打量着他。

莱因哈德举杯到嘴边。"为了你这美丽的、造孽的眼睛!"他说,说罢喝了一口酒。

姑娘笑了,猛地转过头来。"给我!"她说,黑色的美目直视着莱因哈德的眼睛,慢慢饮尽了剩在杯中的酒。随后她便拨出一个和弦,用低婉深情的嗓音唱道:

今朝啊，今朝

我是如此美丽；

明朝，唉，明朝

一切都将逝去！

此刻啊，此刻

你仍然属于我；

死亡，唉，死亡

将带给我以孤寂！

提琴师正奏出快速的结尾，大学生们的桌旁又来了一个人。

"莱因哈德，"他说，"我刚才去约你，你已经走了。你可知道，圣婴已降临到你屋里啦。"

"圣婴？"莱因哈德问，"他才不会到我那儿去哩。"

"瞧你说的！你满屋子都已充满枞树枝和姜汁饼的香味。"

莱因哈德放下手中的酒杯，抓起帽子。

"你要干什么？"姑娘问。

"我去去就来。"

姑娘皱起了眉头。"留下吧！"她柔声恳求，亲切地望着他。

莱因哈德犹豫不决。"不能啊。"他说。

吉卜赛女郎娇笑着用脚尖踢了踢他。

"去！"她说，"你也不中用，你们全都不中用！"

当她转过身去时，莱因哈德已慢慢登上地窖的台阶。

街上暮色苍茫，冬天的寒冷空气使他灼热的额头感到分外凉爽。从这儿那儿的窗户里投射出来圣诞树明亮的光辉，时时还可听见屋子里吹小笛子和小喇叭的声音，其间夹杂着孩子们的欢笑。成群的流浪儿从一幢房前跑到另一幢房前，要不就爬到台阶的栏杆上去，偷看一下窗户里边那些他们享受不到的美好的一切。有时一扇房门会突然打开，斥骂之声顿时驱赶了这些小小的不速之客，使他们从明亮的房前逃进黑暗的胡同里去。在另一所房子里可能正唱着一支古老的圣诞夜之歌,歌声中分明也有少女清脆的嗓音。莱因哈德却充耳不闻,只匆匆从一条街走到另一条街,眼前的一切全一晃而过。走近宿舍,天已完全黑了,他磕磕绊绊地爬上楼梯,跨进自己的房间。迎面扑来一股甜香,就跟圣诞夜走进母亲布置起来的屋子时一样,立刻在他心中勾起一缕乡情。他手颤抖着点亮灯,一眼瞧见桌上摆着一个大大的包裹,从包裹里滚出来了他十分熟悉的过节吃的棕色姜饼,其中几个上面还用糖汁浇着他名字的头一个字母。除去伊丽莎白,又有谁会这样做呢!接着又发现一个装着精致的绣花衬衫的小包,包里还有一些手巾和袖口,最后是母亲和伊丽莎白的几封信。伊丽莎白写道:

这些美丽的糖字大概会告诉你,是谁帮着做这些姜饼的,为你绣袖口的也是同一个人。我们这儿圣诞夜将变得非常冷清,妈妈总在九点半钟就把纺车搬到屋角里去,今年冬天你不在家真寂寞得很哩。你送给我的那只梅花雀,它上个星期天也死了,我哭得很伤心,我可是一直很好地照料着它的啊。下午,一当日光照着它的笼子,这小鸟便唱起歌来。你知道,在它唱得太起劲儿的时候,妈妈常常在笼子上挡一块布,使它不再吱声。这一下房间里更安静了。只有你的老朋友埃利希现在不时来看我们。记得你有一次说过,他这人就像他身上那件褐色外套。每当他跨进门来,我都不由得想起你这句话,真是太可笑了。可你千万别把它告诉我妈妈,她很可能不高兴的。——猜猜看,我送给你妈妈的圣诞礼物是什么?猜不着吧?是我自己!埃利希给我画了一张炭精像。我没法子,已在他面前坐了三次,每次整整一个钟头。这么让一个陌生人盯着自己的脸瞧啊,瞧啊,真叫我烦透了。我本不乐意这样做,可妈妈她老唠叨个没完,说什么这会使好心的魏尔纳太太高兴得要命的。

可你没有守信用啊,莱因哈德。你没有寄童话给我。我常对你母亲埋怨你,她听了总说,你现在事情多得很,顾不上这种儿戏啦。但我还是不相信,我想一定另有原因。

接着莱因哈德又读母亲的信。两封信都读完了，便重新慢慢叠起来，放在一边。这当儿，一股强烈的乡愁袭扰着他，使他在房中来来回回踱了好半天，嘴里低声嘀咕着，临了儿含含糊糊地吟出了下面这首诗：

他几乎心醉神迷，

不识何处是归宿；

姑娘亭亭立路旁，

召唤他回归故土！

随后他走到写字台前，拿了一点钱又来到街上。——街上这时已安静多了，圣诞树的灯光已经熄灭，流浪儿也不再成群结队跑来跑去。夜风一阵阵地卷过空寂的街巷，老老少少都在自己的家中团聚。圣诞夜的第二阶段开始了。

莱因哈德走到市政厅地窖酒店附近，听见从下边传来吉卜赛女郎的歌声和提琴的伴奏声。这时地窖的门咣当响了一下,一个人影步履踉跄地顺着宽大的、灯光暗淡的石阶爬上来。莱因哈德闪进珠宝店。他在店里选购了一个小小的红珊瑚十字架,然后循原路而归。

在离宿舍不远的地方,他看见一个衣衫褴褛的小女孩站在一幢楼房的大门前,正拼命地想打开那扇门。"要我帮助你吗?"他问。小女孩不吱声,只是放掉了沉重的门把手。莱因哈德已经替她把门打开,但又说:"不行,人家会赶你出来的。跟我走!我给你吃圣诞节的姜饼。"说完便重新把门关上,牵起小女孩的手,小女孩也静悄悄地跟着他,来到他房中。

他出门时没吹灭的灯仍然亮着。"这儿,给你姜饼。"他说,随手把自己宝藏的一半都倒进了小女孩的围裙里,只是舍不得给她任何一个浇着糖字的。"现在回家去吧,分一些给你母亲。"——小女孩怯生生地仰望着他,这么和善的先生在她看来真是少见,使她完全不知所措。莱因哈德拉开门,端着灯为她照亮楼梯,小家伙于是带着姜饼迅速奔下楼,像只鸟儿似的飞回家去了。

莱因哈德拨旺壁炉中的柴火，把已经积满灰尘的墨水瓶放到桌子上，然后坐下写信，写给他母亲，写给伊丽莎白，写了整整一个通宵。剩下的圣诞节姜饼搁在他旁边一动未动，可是伊丽莎白缝的袖头却扣上了，跟他那件白色粗绒外套配起来再合适不过。他就这么坐着写呀写呀，直写到冬日的阳光照在结着冰花的玻璃窗上，从他对面的镜子里映出一张苍白而严肃的面孔来。

还乡

复活节到来时,莱因哈德回到了故乡。返家的第二天一早,他便去看伊丽莎白。"瞧你长得多大了啊!"他对笑吟吟地迎着自己跑来的姑娘说。妩媚苗条的少女脸唰地红了,却没有讲什么。他握住她伸出来表示欢迎的手,她也轻轻地企图抽回去。他莫名其妙地望着她,过去她可从来不像这样啊,仿佛他俩之间变得有些生疏了似的。——他在家里已住了一些时候,而且每天都上她那儿去,但情况仍未改变。每当他俩单独待在一起,谈话就常常中断,使莱因哈德觉得怪难受的,只好想方设法硬着头皮找些话来说。为了假期里有个消遣,他便把自己上大学头几个月勤奋学得的植物学知识搬出来,教给伊丽莎白。伊丽莎白从小习惯了对他言听计从，加之本身也挺好学的，便高高兴兴地跟着学起来。如今他俩每周都要去田野或荒原远足几次，中午背回来一个个装满花草的绿色标本箱，几小时后莱因哈德再上伊丽莎白家，和她一块儿对共同采集来的标本进行分类整理。

一天下午，莱因哈德又跨进她房里来，准备和她一起整理标本。这当儿，伊丽莎白站在窗前，把一些新鲜的繁缕草搭在一只他从未见过的镀金鸟笼上去。笼里蹲着一只金丝雀，一边拍打着双翅，一边叽叽喳喳地从伊丽莎白的指头间啄草。当初，莱因哈德的那只鸟也曾挂在这里。

"该不是我可怜的梅花雀死后变成一只金丝鸟儿了吧？"他兴致勃勃地问。

"梅花雀没这本领，"坐在扶手椅里纺线的母亲说，"它是您的朋友埃利希今天中午派人从他庄园里特地为伊丽莎白送来的。"

"从哪个庄园？"

"您还不知道？"

"一个月前,埃利希已把父亲在茵梦湖畔的第二个庄园继承过来啦,您不知道?"

"这您可压根儿没向我提过。"

"嘿,"伊丽莎白的母亲说,"您自己不也是一句没问过您这位朋友的情况吗?真是个又可爱又懂事的年轻人呐。"

母亲出房准备咖啡去了。伊丽莎白背向着莱因哈德,继续在那儿给她的鸟建凉亭。"对不起,请等一会儿,"她说,"马上就好。"——莱因哈德一改旧习地没有回答,她惊讶地扭过头来。突然,从他的眼睛里流露出某种她从不曾见过的苦恼。

"你不舒服吗,莱因哈德?"她走近他,问。

"我?"他也神不守舍地问,两眼茫然地盯着她的眼睛。

"瞧你这闷闷不乐的样子。"

"伊丽莎白,"他说,"我讨厌这只黄鸟。"

伊丽莎白怔怔地望着他,不明白是怎么回事。"你这人真怪。"她说。

他抓住她的双手,她任他抓着。母亲马上又进来了。

喝过咖啡,母亲仍坐下来纺线,莱因哈德和伊丽莎白则走进隔壁房间,整理他们的标本去了。两人先数花蕊,并小心翼翼地把叶片和花瓣展开,然后从每种花中挑两朵来压在一部对开本的大书中,让它们慢慢变干。那是个阳光灿烂的午后,四周一派宁静,能听见的只有隔壁房中母亲摇动纺车的嗡嗡声,以及莱因哈德压低了的声音,他要么告诉伊丽莎白某种植物所属的门类,要么纠正她的拉丁文植物名称的发音。

"这一来我就只缺铃兰一种了。"全部采集到的植物分门别类整理好以后,伊丽莎白说。

莱因哈德从口袋里掏出个羊皮封面的白色小本子,说:"这儿有枝铃兰,给你。"说着就把那朵半干的花儿从本子里取出来。

伊丽莎白发现本子一页页全写满了字,便问:"你又在编童话了吗?"

"不是童话。"他回答,把本子递给她。

本子里净是诗,大多数都长不过一页。伊丽莎白一页一页地翻着,像是仅仅在读标题似的:《当她给教师责骂的时候》《他们在林中迷了路》《复活节讲的童话》《当她第一次写信给我》等等,几乎全是这样一些标题。莱因哈德留心地审视着她,发现她翻着翻着,爽朗的小脸上便泛起一片片红晕,到最后整个脸庞都变得通红通红了。他想看看她的眼睛,伊丽莎白却头也不抬,默默地把本子放到他面前。

"可别就这样还我呀!"他说。

她从标本箱中抽出一枝棕色的花。"我把你最喜欢的花放进去。"她说,同时把本子递到他手里。

很快到了寒假的最后一天。接着就是莱因哈德动身的早晨。伊丽莎白得到母亲允许,送她的朋友到离家几条街以外的驿车站去。他们走到大门口,莱因哈德便伸出胳膊来给伊丽莎白挽着,他就这样默默无言地走在苗条的姑娘身边。离目的地渐渐近了,长时间的分别即在眼前,他心里也越来越感到必须对她讲一件事——一件与他未来生活的全部价值和全部幸福紧密相关的事,可他就是想不出那一句能使他获得解脱的话。他害怕起来,脚步越放越慢。

"你会迟到的,"伊丽莎白说,"圣母教堂的钟已经打过十点了。"

可他还是快不起来。终于,他好不容易结结巴巴地开了口:

"伊丽莎白,你将有两年见不着我啦——当我再回来时,你还会像现在一样喜欢我吗?"

她点点头,亲切地望着他。

"我还替你辩护过哩。"她停了一会儿说。

"替我辩护过?在谁面前?"

"在我妈妈面前。昨天你走以后,我们谈了你很久。她说,你不如从前好了。"

莱因哈德沉默了半晌,然后握住她的手,郑重地注视着她那孩子般的眼睛,说:

"我还跟从前一样好,相信我吧!你相信吗,伊丽莎白?"

"嗯。"她应着。随后,他放开她的手,加快步伐,走过最后一条街。分别的时刻越来越近,他的脸色也越来越开朗,脚步快得姑娘几乎跟不上。

"你怎么啦,莱因哈德?"她问。

"我有一个秘密,一个美好的秘密!"他目光炯炯地望着她说,"两年后,等我再回来时,你就会知道的。"

说话间,他们已走到驿车旁,时间刚好还够。莱因哈德再一次拉着姑娘的手。"再见了!"他说,"多加保重,伊丽莎白。别忘了我啊!"

姑娘摇摇头。"再见!"她说。莱因哈德上了车,马就开始走动。

当驿车辘辘地转过街角的时候,他最后一次看了看姑娘可爱的身影,看见她正慢慢地走回家去。

一封信

差不多在两年后的一天晚上,莱因哈德坐在灯前,桌上堆着许许多多的纸和书。他正等一位朋友来和他一起做功课。这时有人上楼来了。"请进!"——原来是房东太太。"有您一封信,魏尔纳先生!"说完她就走了。

莱因哈德从上次回家以后没再写信给伊丽莎白,从伊丽莎白那儿也从未收到过信。这封信也不是她来的,信上是他母亲的笔迹。莱因哈德拆开信来开始念,马上就念到下面一段:

在你这样的年龄,我亲爱的孩子,真是一年跟一年都不一样,因为青年时代绝不会变得贫乏单调的。我们这里也起了些变化,要是我一向对你了解得不错,你乍一听见想必会难过的。昨天,埃利希到底还是得到了伊丽莎白的同意,近三个月来,他已两次向她求婚,两次都遭到拒绝。伊丽莎白一直下不了决心,可她现在毕竟还是这么做了。她仍然非常非常年轻啊。婚礼很快就要举行,到时候她母亲也要跟他们一块儿搬走。

茵梦湖

又过了许多年。——一个暖和的春天的下午,在一条倾斜的洒满树荫的林间小道上,漫步走下来一位面色黝黑、健康结实的年轻人。他那一对严肃的灰眼睛急切地张望远方,像是期待着这条单调的小路终于会发生变化,而这变化却迟迟不肯到来似的。终于,从坡下慢慢爬上来一辆大车。

"喂!老乡,"旅行者大声招呼走在车旁的农民,"这是到茵梦湖去的路吗?"

"没错儿,一直走。"农民回答,同时提了提头上的圆帽子。

"离这里还远吗?"

"先生,您已到了跟前。不消半袋烟工夫,您就走近湖边了。东家的住宅紧挨在湖边上。"

农民赶着车过去了。旅行者加快脚步,匆匆从树林中穿过。一刻钟后,左手边的树荫突然消失,小路绕上一座山坡,坡前长着一些树梢差点儿跟坡顶一般高的百年老橡树。越过树梢再往前看,便是一个豁然开朗的、阳光明媚的天地。脚下远远地躺着一片湖水,宁静、湛蓝,四周几乎全让阳光朗照的绿树包围着。树林只在一个地方留着豁口,展现出背后远远的一带青山。正对面的绿色树林中间,像撒上了雪似的一片洁白,那是果树正在开花。在高高的湖岸上,耸立着一座别墅,白墙红瓦,给绿叶衬着显得格外悦目。一只鹳鸟从烟囱上飞起来,在湖面上慢慢盘旋。

"茵梦湖!"旅行者失声呼唤。仿佛已经到了目的地似的,他一动不动地站着,视线越过脚下的树梢,久久眺望对岸那在平明如镜的湖水中轻轻晃动着别墅倒影的地方。后来,他突然又开始前进。

现在道路陡直地通向山下，下边的橡树很快又投下绿荫，但同时也把面前的湖给遮住了，只偶尔在树枝的空隙里，才能看见一点水光。不一会儿又登上一座缓坡，两边的树林一下子退去了，取而代之的是一个个牵满葡萄藤的小丘，夹道两边还有一些开了花的果树，只见成群的蜜蜂在花间钻来钻去，嘤嘤嗡嗡。一个穿着棕色大衣的很有气派的男子迎面走来，快到旅行者面前时突然挥动帽子，声音洪亮地叫道：

"欢迎，欢迎，莱因哈德，好朋友！欢迎你到我们茵梦湖的庄上来！"

"你好，埃利希，感谢你来迎接我！"对方回答。

接着两人就走到一块儿，相互握手。

"可这真是你吗？"埃利希在细细地端详了他老同学那严肃的面孔后说。

"当然是我，埃利希。你也是老样子，只不过看上去比先前更加快活就是了。"

一听这话，埃利希笑逐颜开，模样显得越发快活。"是的,亲爱的莱因哈德,"他一边说,一边又握了握老朋友的手,"你知道,在上次分手以后,我就办成功了那件大事。"随后他搓着手,兴高采烈地嚷道:"这将是一个意外!她想不到你会来,万万想不到!"

"一个意外?"莱因哈德问,"对谁是个意外?"

"伊丽莎白呀。"

"伊丽莎白!怎么,你还没告诉她我要来吗?"

"一个字也没告诉,亲爱的莱因哈德。她想不到你会来,她母亲也想不到你会来。我完全是偷偷写信邀请你的,这样她将更加喜出望外。你了解,我这人总有一些自己的主意。"

莱因哈德沉思起来。越走近别墅,他也越觉得呼吸困难。路左边的葡萄园不见了,变成了一片很大的菜圃,一直延伸到湖岸边。颧鸟已经落到地上,正在菜畦间大模大样地踅来踅去。"嘘!"埃利希喝道,同时拍着手,"这长脚杆的埃及佬,它又来偷我的豌豆尖啦!"鹳鸟不慌不忙地飞去,落在菜圃尽头一幢新建的房子上。这幢房子的墙壁全让人工编结的桃树和杏树枝条给盖住了。

"那是酿酒房,"埃利希说,"是我两年前才盖的。农庄的房子先父已添盖成了,住宅更是在我祖父手上建好的。如此一点一点地继续增加嘛。"

说话间,两人已走到一块大空场上。空场两边是农庄的房子,前面则为庄主的住宅,住宅两翼紧接两道高高的院墙,院墙背后耸立着一排排枝叶繁茂的紫杉,这儿那儿还有一树树盛开的丁香从墙头探出脑袋。一些在烈日下干活儿的满脸热汗的汉子走过空场,向两位朋友行礼问安。埃利希则一会儿向这个发发指示,一会儿向那个问问情况。——随后他们走到住宅前,跨进一道高敞凉爽的走廊,在走廊尽头再转入左边一条光线暗一点的过道。在这儿埃利希打开一扇门,两人便进了一间宽大的花厅。花厅两侧相对着的窗户上都爬满藤萝,使厅里充满一片朦胧的绿意。正中两扇高大的玻璃门却敞开着,不但引进来春天充足的阳光,而且能让人观赏前面的花园。只见园内布置着一座座圆形的花坛,伫立着一排排高高的树篱,中间伸展着一条笔直的大路，顺着这条路望去，就能看见湖水和对面更远处的树林。两个朋友一跨进厅中，迎面便拂来一股芳香扑鼻的和风。

在花厅门前的阳台上，坐着一位身着白裙、身材仍如少女的夫人。她站起身，迎着他俩走来，可半道上却像脚下生了根似的站住了，两眼呆呆地一眨不眨地盯着客人。他微笑着向她伸过手去。

"莱因哈德！"她叫起来，"莱因哈德！我的上帝，真是你！——我们可有好久不见了哟！"

"是的，好久不见了。"他应着，除此再说不出话。他一听见她的声音，心上就感到一阵隐隐的疼痛，再抬眼看她，她仍那么亭亭立在他的面前，几年前在故乡对她道再见的时候，她不也是这个样子吗？

埃利希停在厅门旁，眉飞色舞。

"喏，伊丽莎白，怎么样？"他说，"想不到吧！永远也想不到吧！"

伊丽莎白亲切地望着他。"你太好了，埃利希！"

她说。

他温柔地握着妻子的小手。"这会儿咱们总算把他给逮住啦,"埃利希说,"咱们不会马上放他走的。他在外面流浪得太久了,咱们要让他重新习惯自己的故乡。你瞧,模样这么高雅,简直叫人认不出来喽。"

伊丽莎白羞怯地瞟了莱因哈德的脸一眼。"只是我们好久不在一起的缘故。"莱因哈德说。

这当儿,伊丽莎白的母亲胳臂上挎着个装钥匙的小篮子,来到厅中。

"魏尔纳先生!"她发现莱因哈德后说,"哎哎,真想不到,稀客稀客。"

接着,便一问一答,顺利地寒暄开了。母女俩坐下来做她们的针线活儿,莱因哈德享用着为他准备的饮料,埃利希点燃他那只结实的海泡石烟斗,一边坐在客人身旁吐烟圈儿,一边和他谈话。

第二天,莱因哈德便由埃利希领着各处走走,去看了田地、葡萄园、忽布[1]园以及酿酒房。一切都管理得井井有条。在地头和酿酒锅旁工作的人们,都有着健康和满意的脸色。中午全家总聚在花厅里,其他时间则看主人的闲与忙,也或多或少地共同度过,只有晚饭前的几个钟头和上午,莱因哈德才待在房间里工作。多年来,他就致力于搜集所能搜集到的民间歌谣。如今他正着手整理自己的珍藏,并打算尽可能在附近一带再采集一些,使其更加丰富。——伊丽莎白不论何时总是那么温柔、亲切,埃利希始终如一的关怀,使她报以一种近乎谦卑的感激。莱因哈德有时也不免想,像伊丽莎白以前那样活泼的小女孩,似乎不应该变成这么一位沉静的妻子。

从到庄上的第二天起,莱因哈德傍晚总要沿着湖滨散步。湖滨的小路刚好紧贴在花园下边,在花园尽头一个突出的墙壁上,高高的白桦树下立着一条长凳。伊丽莎白的母亲唤它作"黄昏凳",因为那地方正对着西边,黄昏时

---

[1] 忽布的籽可用来酿造啤酒。

分她们常坐在那儿看落日。——一天傍晚,莱因哈德沿湖滨小路散步回来,突然遭到阵雨袭击,急急忙忙躲到湖边上的一株菩提树下,但大颗大颗的雨点很快穿过叶簇,淋得他一身透湿。他索性走进雨中,继续循原路而回。天完全黑了,雨下得也越来越密。在快到"黄昏凳"的当儿,他觉得在斑驳闪亮的白桦树干中间,有一个白衣女子的身影依稀可辨。那女子一动不动地站着,走近一点,莱因哈德似乎看出她的脸是朝着他的,好像正在等候什么人。他相信这是伊丽莎白。可当他加快脚步,想赶到她跟前,然后和她一起穿过花园回房去时,她却慢慢转过身,消失在了黑暗的小径中。他莫名其妙,可又有些生伊丽莎白的气,不过,他不确定这是否就是她。他没勇气问伊丽莎白,是的,他甚至在回屋时没穿过花厅,生怕看见她会从通花园的门走进来。

依着妈妈的心愿

几天以后的傍晚,全家人又跟往常这时候一样聚在花厅里。厅门大大敞开着,夕阳已经沉落到湖对岸的树林后面,天马上就要黑了。

大伙儿请求莱因哈德,要他念一念今天下午刚从一位住在乡下的朋友那儿收到的那几首民歌。他于是走回房去,不一会儿就拿来了个一页一页都像抄写得挺整洁的纸卷儿。

大伙儿坐到桌旁,伊丽莎白坐在莱因哈德身边。

"咱们碰运气吧,"他说,"我自己都还没念过哩。"

伊丽莎白打开了纸卷儿。"这儿有谱,"她说,"因此你得唱,莱因哈德。"

莱因哈德一上来念了几首提罗儿山区的民谣，念着念着不时也哼出几节诙谐的曲调。所有人的兴致都渐渐高起来。

"这些歌是谁作的呢，这样美？"伊丽莎白问。

"哎，"埃利希说，"一听不就听出来了嘛，还不是小裁缝、小理发匠，以及诸如此类的乐天的下等人。"

莱因哈德却讲："它们压根儿不是作的。它们自行生长，从空中掉下来，像游丝一般飞过大地，飞到这儿，飞到那儿，成千上万个地方的人都在同时唱着它们。在这些歌谣中我们能够找到我们自己的经历和痛苦，仿佛我们大家都参加了它们的编写似的。"

他抽出另一页来念道：

"我站在高高的山上……"[1]

"我会这首歌！"伊丽莎白嚷起来，"唱吧，莱因哈德，我来和你。"接着，他们便唱起来。这首歌的曲调是如此

---

1 这首古老的民歌名为《修女》，讲一贫苦女子不能嫁给自己心爱的伯爵，便在修道院中度过终生。

神奇，叫你简直不相信是出自人们的思想。伊丽莎白以自己微带沙哑的女低音，为莱因哈德的男高音伴唱。

母亲坐在一旁起劲儿地做着针线。埃利希两手握在一起，凝神听着。歌声住了，莱因哈德默默地把歌词放到一边。——蓦然间，从湖边传来一阵牛群的铃铛声，打破了黄昏的寂静，大伙儿不由得侧耳细听，便听见一个牧童用清亮的嗓音唱道：

我站在高高的山上，
眼望着深深的谷底……

莱因哈德莞尔一笑：
"你们听见了吧？就是这么口口相传啊。"
"在这一带常常听见有人唱。"伊丽莎白说。
"不错，"埃利希说，"是牧童卡斯帕尔，他赶着牛群回家来了。"

他们又倾听了一会儿，直到铃铛声消失在山丘上的农场背后。

"这是些古老的曲调,"莱因哈德说,"它们沉睡在密林深处,上帝知道是谁把它们找出来的。"

说罢,他又另外抽出一页。

天色更加暗了,只在湖对岸的树梢上,还挂着一片泡沫状的红霞。莱因哈德展开纸,伊丽莎白伸手按住纸的一头,也跟着看那歌词。只听莱因哈德念道:

依着妈妈的心愿,
我另选了位夫婿;
从前所爱的一切,
如今得统统忘记;
我真不愿意!

怪只怪我的妈妈,
是她铸成了大错;
从前的一身清白,

如今只留下罪过。

叫我怎奈何!

用我的骄傲欢乐,

换来了痛苦烦恼;

唉,要是没出这事,

唉,纵使乞食荒郊,

也比今日好!

念着念着,莱因哈德感觉那纸微微颤抖起来。他刚念完,伊丽莎白已经轻轻推开身后的椅子,一言未发便走到花园里去了。母亲的目光紧随着她。埃利希想要跟出去,丈母娘却说:"伊丽莎白在外面有事。"这样就遮掩过去了。

外边园子里和湖面上的暮色渐渐合拢,夜蛾子嗡嗡地从敞开的门前飞过,花草的芳香一阵浓似一阵地灌进厅中。从湖上飘来一片蛙鸣,窗下的一只夜莺放开了歌喉,花园深处有另一只在与它应和。月亮也从树后探出脸儿来了。莱因哈德久久凝视着幽径间伊丽莎白的倩影悄然隐去的地方,最后,他卷起稿纸,向在座的两位道了别,便穿过房子来到湖边。

　　树林静悄悄地立着,给湖面投下大片的阴影,湖心却洒着朦胧昏黄的月光。时不时地,林中发出一点儿飒飒的颤动声,可这不是风,而是夏夜的嘘息。莱因哈德向湖滨走去,突然在离岸投一石远的湖面上,瞧见一朵白色的睡莲。他顿时心血来潮,想到近旁去看个仔细,便脱掉衣服,走进湖中。湖水很浅,锋利的水草和石块割痛了他的脚,他老走不到可以游泳的深处。后来,他脚下突然一下踩空了,湖水扯着漩涡在他头上合拢来,过了好半天,他才重新浮出水面。他摆动手脚游了一圈,直到弄清入水的方向。很快,他又发现了那睡莲,见它孤孤单单地躺卧在巨大光滑的叶子中间。——他慢慢向前游去,偶尔把手臂抬出了水面,往下滴落的水珠便在月光中闪闪发亮。可他觉得,在他和睡莲之间的距离老是没变似的,回头看时,夜霭中的湖岸却更加朦朦胧胧。

可他仍不罢休,便更加使劲儿地往前游去。终于,他游到了离睡莲很近的地方,可以辨清月光下的银白色花瓣了。但与此同时,他却感到自己陷进了一面网里,的确是有光溜溜的草藤从湖底浮起来,缠住了他赤裸的手脚。四顾茫茫一片黑水,身后又蓦地听见一声鱼跃,他顿时感到忐忑不安,便拼命扯掉缠在身上的水草,气喘吁吁地急急游回岸边。从岸边回头再看那睡莲,见它仍和先前一样,远远地,孤独地,躺卧在黑黝黝的水面上。——他穿好衣服,慢慢走回房去。在经过花厅时,发现埃利希和他岳母正在做明天出门去办事的准备。

"这么晚您到什么地方去了?"老太太大声问他。

"我?"他应着,"我打算去看看睡莲,结果一无所获。"

"这可又叫人莫名其妙了不是!"埃利希说,"你跟睡莲未必有一丁点儿关系啊?"

"我曾经了解它,"莱因哈德回答,"可那已是好久好久以前的事。"

伊丽莎白

第二天下午,莱因哈德和伊丽莎白一道去湖对面散步,一会儿穿过树林,一会儿走在高高的伸入湖中的堤岸上。伊丽莎白受埃利希委托,在他和母亲外出期间陪莱因哈德去观赏周围的美景,尤其是要让他从对岸看看庄园的气派。眼下他俩正从一处走到另一处。伊丽莎白终于走累了,便坐在一棵枝叶婆娑的大树下,莱因哈德站在对面,背靠着一根树干。这当儿,蓦地从密林深处传来杜鹃的啼叫,莱因哈德心中猛然一惊:此情此景当初不已有过吗?他望着她异样地笑了。"咱们去采草莓好吗?"他问。

"还不到采草莓的时候。"她回答。

"可这时候也离得不远了呀。"

伊丽莎白摇摇头,缄默无言。随后她站起身,两人又继续漫步。她这么走在他身旁,他的眼睛总一次又一次地转过来瞅着她,她的步态太轻盈啦,整个人宛如被衣裙托负着往前飘去似的,他情不自禁地常常落后一步,以便把她的美姿全部摄入眼帘。终于,他们走到一片长满野草的空地上,眼前的视界变得十分开阔了。莱因哈德不停地采摘着地上生长的野花,一次当他再抬起头来时,脸上突然流露出剧烈的痛楚。

"认识这种花吗?"他冷不丁地问。

伊丽莎白不解地望着他。"这是石楠,过去我常常在林子里采它。"她回答。

"我在家里有一个旧本子,"他说,"我曾经在里边写下各式各样的诗句。可我已好久不再这样做啦。在这个本子中间,也夹着一朵石楠花,不过是朵已经枯萎了的花。你知道又是谁把它送给我的吗?"

她无声地点点头,眼睛却垂下去,一动不动地凝视着他拿在手里的那朵野花。两人就这么站了很久很久。当她再抬起眼来望他时,他发现她的两眼噙满泪水。

"伊丽莎白,"他说,"在那一带青山后面,留下了咱们的青春。可如今它到哪儿去了呢?"

两人都不再言语,只默默地、肩并肩地,向着湖边走去。空气变得闷热起来,西天升起一片黑云。"雷雨快来了。"伊丽莎白说,同时加快步伐。莱因哈德不出声地点点头,两人便沿着湖岸疾走,直到他们的船前。

渡湖时,伊丽莎白把一只手抚在船舷上。莱因哈德一边划桨,一边偷看她,她的目光却避开莱因哈德,茫然望着远方。莱因哈德的视线于是滑下来,停在她那只手上,这只苍白的小手,向他泄露了她的脸不肯告诉他的秘密。在这手上,他看见了隐痛造成的轻微抽搐,这样的抽搐,经常在不眠的深夜,都会出现在扪着自己伤痛的心口的一只只纤纤素手上。——伊丽莎白感觉出他在看她的手,便慢慢地让手滑到了舷外的水中。

回到庄上,他们在住宅前看见一辆磨刀人的小车,一个披着满头黑色鬈发的汉子用力踏动砂轮,嘴里哼着一支吉卜赛人的曲调，一只拴在链子上的狗躺在一旁喘着粗气。门廊上站着个衣衫褴褛的女孩子，栖栖惶惶的神气，模样儿原本挺俊。她伸出手向伊丽莎白讨钱。

莱因哈德刚掏衣袋，伊丽莎白已抢在头里，急急忙忙把自己钱包中的一切全倒在了讨饭姑娘摊开的手中，然后飞快转身走了。莱因哈德只听见她抽噎着，跑上了楼。

他想上前拦住她，但一转念，停在了楼梯口。穷姑娘仍站在那里，手拿着布施的钱发呆。

"你还想要什么？"莱因哈德问。

她猛一哆嗦，忙说："不，什么也不要了。"说完就慢慢走出门去，只是脑袋仍转过来，一双眼睛傻愣愣地望着他。他喊出一个名字，但姑娘已经听不见。她垂着头，双臂抱在胸前走过院子，下坡去了。

死亡，唉，死亡

将带给我以孤寂！

一支古老的歌又在他耳中震响,他几乎停止了呼吸。一会儿以后,他便转身回房去了。

他坐下来工作,可是思想集中不起来。他努力了一个小时仍不成功,便走到楼下的起居室里。室内空无一人,只有一片朦胧、阴凉的绿意。在伊丽莎白做针线的小几上,放着她下午戴过的那条红围巾。他拿起围巾来,心中顿觉一阵痛楚,又赶快把它放回去。他心慌意乱,不觉走到湖边,解开小船,划着船到了对岸,把他刚才和伊丽莎白一块儿走过的路全部重新走了一遍。等他再回家来时,天已经黑了。他在院子里碰见车夫,车夫正牵着拉车的马上草地去,出门办事的两位刚刚到家。跨进走廊,他听见埃利希在花厅中来回踱着。他没进厅去见埃利希,只在外边悄悄站了片刻,便轻手轻脚走上楼梯,回房去了。他在房中靠窗的扶手椅中坐下来,极力想象自己是在听楼下园中紫杉篱间那只夜莺的鸣啭,实际听见的却只有自己的心跳。楼下所有的人都已安寝,夜也如流水般逝去,只是他不觉得。——他这么坐了好几个钟头,临了儿才站起来,把上身探出敞开的窗户。夜露在密叶间滴答着,夜莺已停止歌唱。渐渐地,东方出现一片黄色的光晕,驱开了夜空中的墨蓝,一股清风随之起来,吹拂着莱因哈德灼热的前额。就在这时,第一只云雀欢叫着,跃上了太空。——莱因哈德猛地转身走到桌边,用手摸索铅笔。铅笔摸到了,他便坐下去,在一张白纸上写了几行字。写完,他取过帽子和手杖,轻轻拉开房门,留下那张字条,下楼去了。——屋子里还到处是一片朦胧昏暗,家里养的大猫在草褥上伸着懒腰,莱因哈德下意识地伸过手去,猫便把自己的背耸起来。不过,外边院子里的麻雀已在枝头喊喊喳喳叫开了,告诉大家,黑夜已经遁去。突然,他听见楼上一扇门开了,接着便有谁从楼梯上下来,他一抬头,伊丽莎白已站在面前。她一只手抚着莱因哈德的胳膊,嘴唇翕动了几下,却无半点声音。

"你不会再来了,"她终于说,"我知道的,别骗我,你永远不会再来了。"

"永远不会。"他说。她垂下手,再也说不出任何话。

他穿过走廊，到了门口再一次转过身来。她呆若木鸡般站在原地，两眼失神地紧盯着他。他跨前一步，朝她伸出双臂，但突然又猛一扭身，出门去了。——外面的世界已静卧在朗朗晨光中，挂在蜘蛛网里的露珠给朝阳照着，晶莹闪亮。他头也不回地快步往前赶去，那座宁静的庄园便渐渐落在后面，展现在他眼前的是一个辽阔广大的世界。

老人

月光不再照进玻璃窗,屋里暗起来了。可老人依旧坐在扶手椅中,手握着手,呆呆地凝视着前方。渐渐地,在他眼前,那包围着他的黑暗化成了一个宽阔幽深的大湖,黑黝黝的湖水一浪一浪向前涌去,越涌越低,越涌越远,在最远最远那道几乎为老人目力所不及的水波上,在一些很大很宽的叶子中间,孤零零地漂浮着一朵洁白的睡莲……

房门开了,一道亮光射进屋中。"您来得正好,布莉基特,"老人说,"请把灯放在桌上吧。"

随后,他把椅子也移到桌前,拿起一本摊开的书,专心致志地研究起他年轻时就已下过功夫的学问来。

木偶戏子波勒

Pole Poppenspäler

抓住这只手带她回去,
这样你又有家啦!

小时候，我的车工活儿做得呱呱叫，而且在这上头花的工夫也许还多了一点儿，以致影响了学习成绩。因为至少有一次，副校长在发还我那并非毫无错误的作业时，突然莫名其妙地问了一句：我没准儿又是车了一颗缝衣机上的螺丝什么的，准备送给妹妹做生日礼物吧。不过在这件事上，我还是得多于失，就由于学做车工的缘故，我结识了一位不平凡的人。此人即是精车工兼机械师保罗·保罗森，他也是咱们这座城市的市民代表。我父亲不管看见我做什么，都要求我做得像个样子，应他的请求，保罗·保罗森师傅便教会了我做那些小玩意儿所必需的手艺。

　　保罗森知识广博，不仅在他那个小小的行道中为人称道，对手工业未来的发展也具有远见，因此眼下在宣布又发现了什么新的科学真理的时候，我常常就会突然想起：这不是你的老保罗森早在四十年前就说过的吗？

我很快赢得了保罗森师傅的好感。除了规定的学习时间，我有时晚上去看他，他也非常高兴。随后我们要么坐在作坊里，要么夏天——须知我俩一直交往了好多年——就坐在他家小园子里那棵大菩提树下的长凳上。从我俩的谈话中，或者更确切地说从我这位大朋友对我讲的话中，我学到了许多东西，想到了许多东西。这些东西在生活中尽管是如此重要，我后来甚至在高中课本中却找不到一点踪迹。

论原籍，保罗森是弗里斯兰人[1]，他的长相很好地体现出了这个部族的特点：在不甚稠密的金黄色头发底下，长着一个深思的额头和一双聪慧的蓝眼睛。由于父亲的遗传影响，他的口音仍带一些故乡语言的柔美，柔美得就跟歌

---

[1] 弗里斯兰是荷兰最北边的省份。

声一般悦耳动听。

这位北国男子的太太却肤色黝黑，娇小玲珑，说话也带着明显的南方口音。关于这个女人，我母亲总爱讲，她那对黑眼睛简直可以把湖水烧干，要知道她年轻那会儿才真叫美喽！——莫看她如今头发里已经掺进了一些银丝，当年的风韵却并未完全丧失。也许是出于年轻人爱美的天性吧，我很快就情不自禁地抓住一切机会，在某些细小的事情上为她效劳，以便赢取她的好感。

"瞧这个小家伙，"遇上这种情况她多半会对丈夫说，"你该不会吃醋吧，保罗？"

保罗听了微微一笑。然而，妻子的打趣话和丈夫的微笑，都清楚地表明他俩心照不宣，知道彼此是如何紧紧地心贴着心。

他们除了一个当时在外地的儿子，便没有别的小孩。也许部分地由于这个缘故，老两口才这么喜欢我吧，特别是保罗森太太，还一而再再而三地要我相信，我长的这个滑稽的小鼻头儿，和她的约瑟夫真是太像啦。我不想隐瞒，她还会做一种非常对我口味、但除她以外城里谁都不知道怎么做的面食，并且还时不时地邀请我上她家吃饭去。——这样，保罗森师傅家对我的吸引力就够大啦。我父亲呢，也乐于看见我跟这位好样儿的市民来往。"可注意别叫人家讨厌！"这就是他有时会想起提醒我的唯一的话。然而我相信，我的朋友从来也不觉得我去的次数太多，因而感到厌烦。

一天，城里一位老先生在我家做客，家里人于是把一件我新近车制的、的确相当成功的作品拿出来请他看。

当老先生表示赞赏的时候，我父亲便告诉他，我可是在保罗森师傅家里当学徒，已差不多快一年了。

"喔，喔，"老先生应着，"在木偶戏子波勒家里！"

我从未听说过自己的朋友有这样一个绰号，就问它是什么意思，也不考虑这样做是否有些唐突。

可老先生只是狡黠地笑了笑，不肯做出任何解释。

紧接着的一个礼拜天，我被保罗森夫妇邀请去吃晚饭，共同庆祝他们的结婚纪念日。时值盛夏，我动身又很早，走到时女主人还在厨房里张罗着，保罗森于是便领我走进花园，跟我一块儿坐在了那棵大菩提树下的长凳上。这时我想起"木偶戏子波勒"这个绰号，它在我脑子里不断闪现，弄得我几乎无法回答师傅的问话。终于，他批评起我的心不在焉来，态度可以说相当严厉，于是我只好硬着头皮问他，他那个绰号是什么意思。

谁知师傅一听大为生气。"谁教你说这蠢话的？"他嚷叫着从座位上跳起来。然而，我还没来得及答话，他又已经坐在我的旁边。"得了，得了！"他沉思着说，"其实啊，生活所给予我的，就数它最最宝贵了。——让我讲给你听吧，咱们大概还有时间。"

我是在这所房子和这座花园里长大的，从前，我勤劳的父母亲就住在这里，希望我的儿子将来也住在这里！——我当孩子的时代已经过去很久很久了，但当时的有些事情对于我还历历如在眼前，就像一幅幅用彩笔描绘的图画一样。

记得当时在我家的大门旁放着一张白色的小长椅,靠背和扶手都是绿色的木条拼成的。坐在椅子上,顺着长街望去,一边看得见尽底下的礼拜堂,另一边则可一直望到城外的庄稼地。夏日黄昏,我的父母劳累了一天就来这儿坐一坐,休息休息,而在这之前,长凳多半为我所占据,好让我在户外的清新空气中一边完成学校的作业,一边东张西望,欣赏那令人神清气爽的景色。

有一天午后,我也坐在那儿——我还记得清清楚楚,那是在九月里刚刚开完我们米伽勒节的大年市以后——正在做数学老师布置的代数练习,这时却发现顺着长街,从坡底下爬上来一辆奇怪的车子。那是一辆有两个轮子的架子车,由一匹野性的小马驹拉着,车上载了两口很大的箱子,箱子中间坐着个金黄色头发的女人,块头儿大大的,脸上木无表情,旁边还有一个九岁光景的小女孩,生着满头黑发的小脑袋活泼地不住转来转去。车旁走着一个身材矮小、目光愉快的汉子,他手握缰绳,黑色的短发从绿色的鸭舌帽底下伸出来,就像一柄柄利剑。

挂在马脖子底下的小铃铛丁零丁零地响着,他们就这么慢慢走过来了。等走到咱们家的门口,马车却突然站住了。"喂,孩子,"车上的女人朝着我大声问,"裁缝住的客栈在什么地方?"

我手里的笔已经停了好半天;这时我赶紧跳起来,跑到车子旁边。"喏,就在你们跟前。"我说,同时指着那幢面前有棵修剪成四方形的菩提树的老房子。这所房子你知道,它眼下还立在对面。

大箱子中间那个娇小的女孩站起来,从褪了色的斗篷的兜头下探出小脑袋,一双大眼睛打量着站在车下的我。可那汉子只嘟囔了一句"坐下别动,丫头!"和"谢谢你,孩子!"随后就给他的小马一鞭,把车赶到我指给他们的那所房子前面去了。与此同时,那位系着一条绿围裙的胖胖的客栈老板,已经迎着他走来。

我自然清楚,来人并不属于这家同业公会客栈理当接待的客人,可事实上也常常有其他更使我喜欢的人们,上它那儿来投宿。——这在我今天想来,似乎有损裁缝这一受人尊重的行业的体面。在对面的三楼,那儿如今冲着大街的仍是一些木头圆孔,而没有装玻璃窗,从前就一直住的是形形色色的街头乐师、走绳艺人或者驯兽师,全是些到咱们城里来跑江湖卖艺的呗。

可不是吗,第二天早上,当我站在自己楼上房间的窗前,正准备背上书包的时候,对面的一扇木板窗推开了,那个长着利剑似的黑色短发的矮个子男人探出脑袋,在新鲜空气中舒展着双臂。随后他转过脸去对着身后黑洞洞的房间,我于是听见他喊"丽赛!丽赛!"——接着,从他的腋下就钻出来一张红扑扑的小脸蛋,周围披着黑色的头发,长长的有如马鬃一般。父亲抬起手来指了指我这边,一面笑一面扯她那黑缎子似的头发。我听不明白他对她说了些什么,想来不外乎是:"你瞧瞧他,丽赛!还认识吗?就是昨天那个小男孩。——可怜的傻瓜哟,他马上就得背上书包上学去啦!——你真是个幸福的小丫头,只需让咱们的褐色小马驹拉着,在全国各地游来逛去!"——至少,小姑娘是满怀同情地瞅着我,在我鼓起勇气向她友好地点头致意时，她也点了点小脑瓜儿，神气十分严肃。

很快女孩的父亲就缩回脑袋，消失在了他那阁楼的房间里。高大的金发女人代替他走到窗前，一把抓住小女孩的脑袋瓜儿，开始替她梳头。这件事似乎静悄悄地就完成了，其实丽赛显然是不敢吭声，虽然有几次当梳子滑到她颈项里去的时候，她那红红的小嘴儿都噘了起来。只有一次，她抬起胳膊把一根长长的头发扔到窗外的菩提树上方，让它在晨风中慢慢飘去。我在窗口看得见它闪闪发亮，因为朝阳穿过秋雾，正照射着对面客栈的上半部分。

日光也射进了刚才还黑沉沉的阁楼中。我现在已清楚看见那汉子坐在一处光线晦暗的屋角里的桌子前，手上仿佛有什么金子银子似的东西在熠熠闪亮，过一会儿却又变成了一张鼻子大得出奇的小脸。可是不管我怎么使劲儿地瞧啊，瞧啊，还是弄不明白他摆弄的到底是些啥玩意儿。突然，我听见像有根木头橛子被扔进箱子里去似的扑通一声，那汉子随即站立起来，从另一个窗洞探出身子，向着街上张望。

这期间,女人已经给那黑头发的小姑娘穿上一件褪了色的红衣裳,把她的辫子像顶花冠似的盘在圆圆的小脑袋上。

我仍然一个劲儿地望着对面,心想:"她没准儿还会点点头呐。"

——"保罗,保罗!"我突然听见母亲的声音在楼下的屋子里叫起来。

"听见啦,妈妈!"

我身子一个哆嗦,着实给吓了一跳。

"喏,"她大声道,"要迟到了,数学教员会狠狠罚你的!早已打过七点,难道你不晓得?"

我乒乒乓乓地冲下楼去。

然而我真幸运,数学教员正赶上今天收获梨子,半个学校的同学都集合在他的果园里,用手和嘴在为他帮忙哩。直到九点钟大伙儿才汗流满面地坐到位子上,高高兴兴地拿出了石板和代数书。

十一点钟,我口袋让梨子塞得胀鼓鼓地从校园里跑出来，正碰上城里那位胖胖的喊话人从前面走过。他用钥匙敲打着一只亮锃锃的铜盆，扯起他那啤酒嗓门儿高声喊道：

"机械师兼木偶戏艺人约瑟夫·滕德勒先生，昨天从首府慕尼黑莅临本城，今晚特在打靶场大厅作首场表演。演出的剧目是：普法尔兹伯爵西格弗里特和圣女格诺维娃，四幕木偶剧，配有伴唱！"

喊完他清了清嗓子，又神气活现地迈步朝着与我回家相反的方向走去。我跟在背后从一条街走到另一条街，为的就是多听几次那令人欢欣鼓舞的通告。要晓得，我还从来没有看过戏，更别提木偶戏。——当我终于转身往家里走的时候，蓦地发现有一件小红衣服朝我移动过来，果不其然，真是那个演木偶戏的小姑娘。尽管衣服褪了色，但她在我眼里仍像童话里的人物似的，身上裹着美丽的光辉。

我大起胆子与她搭讪，问：

"你是去散步吗，丽赛？"

她用黑眼睛瞅着我，带着疑虑的神气。

"散步？"她拖长音调重复着我的问话，"嘿，你呀——真叫聪明!"

"那你到底上哪儿去呢?"

"上卖布的那儿去呗!"

"你想给自己扯一件新衣服吗?"我又问,真够傻气的不是。

她大笑起来:

"去!别逗啦!——不是的,咱只想买点零头布!"

"买零头布,丽赛?"

"当然呐!给木偶做衣服只要零头布就够了,这样费不了多少钱!"

我脑子里突然闪过一个好主意:当时,我的一位老伯伯在城里的市集广场边开着一家布店,他的那位老店员是我的好朋友。

"跟我走吧,"我勇敢地说,"包你一个钱不花,丽赛!"

"真的吗?"她还问了一句,随后我俩就跑到市集广场,进了我伯伯开的布店。老加布列尔像往常一样穿着灰白色长袍,站在柜台背后。等我说明了来意,他就好心地翻出来一大堆布头，堆放在柜台上。

"瞧，那鲜红的多漂亮！"丽赛说，一边冲着一块法国印花布点着脑袋，非常想要的样子。

"你用得着吗？"加布列尔问。

那还用说！为了今天晚上的演出，还得给西格弗里特骑士裁一件新马甲呀。

"可是还得绲边呐。"老爷子说，随即拿来各种金银花边的头子，以及一小块一小块的绿色、黄色绸缎和丝带，最后再添上一块相当大的棕色天鹅绒。"尽管拿去吧，孩子！"加布列尔说，"这个可以拿去做你格诺维娃的皮袍子，要是旧的那件已经褪色了的话！"说着，老爷子就把那一大堆漂漂亮亮的东西捆成一包，塞在小姑娘的腋下。

"真的不要钱吗？"丽赛惶惑地问。

不，一点不要。她眉开眼笑了。"谢谢，谢谢你，好人！啊，爸爸见了才叫高兴哩！"

丽赛腋下挟着小包袱，我俩手牵着手，离开了布店。到了我家附近，她便放开我，穿过大街，向着裁缝公会的旅店奔去，跑得头上的黑色发辫也飞起来拖在了颈后。

吃过午饭，我站在家门前，心怦怦跳着，考虑是否可以去向父亲要钱买门票，以便今天就去看首场演出。说实话，能站在廊子上看我已经满足啦，那里的儿童票只要两先令。这当口儿，在我还没拿定主意之前，丽赛就从街对面朝我飞跑过来了。"爸爸给的！"她说。我还没弄清楚是怎么回事，她又跑了。可是在我的手心里，已捏着一张红色戏票，上面印着几个大字：头等座位。

我一抬头，看见那个矮小的黑头发汉子也在对面顶楼的窗洞里向我挥舞双臂。我朝他点点头，心想，这些个木偶戏艺人，他们可真是些和蔼可亲的人啊！

"不错，今天晚上，"我自言自语，"今天晚上——头等座位！"

你知道咱们南大街的那个打靶场。当年，它的大门上还画着一个英俊的真人般大小的射手，头戴羽毛帽，手执长管枪，只不过当时那老房子比现在更加破败。射击协会仅剩下三个会员，几个世纪以来老公爵们所赠送的银杯、盛火药的兽角容器以及其他的奖品，已一点一点地变卖掉了。还有那座你知道的一直延伸到人行道的大花园，也出租给人家，成了养绵羊和山羊的牧地。一幢三层楼房子既无任何人居住，也没派什么用场，年深月久，风吹雨打，在周围新建房舍的衬托下真显得破烂不堪。只有在那间占据着整个顶楼、刷成了白色的凄凉的大厅中，偶尔才有过往的大力士或魔术师来表演表演他们的技艺。逢到这种时候，下边画着射手形象的大门便会嘎嘎嘎嘎地推开来。

天慢慢黑了。可越到后来麻烦越多，因为一直要挨到开锣前五分钟，父亲才准许我离开，他说，锻炼锻炼耐心是必要的嘛，这样我到了戏园子里，才会老老实实地待着。

我终于赶到了打靶场。大门敞开着，各种各样的人都往里涌。那年头儿大伙儿还乐于去寻这种小开心，因为上汉堡路程太遥远，能去见大世面以致瞧不起家乡这些小玩意儿的人毕竟不多。——我爬完橡木旋梯，一眼瞧见丽赛的母亲正坐在大厅门口收票。我亲亲热热地走到她身边，心想她一定会像个老朋友似的招呼我，谁料她木呆呆地坐着，一声不吭地伸手接过了我的票，仿佛我跟她们家丝毫没有关系似的。——我怀着颇有点受了委屈的心情走进大厅，厅内一片嘈杂，等着看表演的人们都压低了嗓门在聊天，再加城里的乐师也领着三个伙计在演奏。我的眼睛首先注意到的，是大厅前边挂在乐队席上方那一面红帷幕。帷幕中央画着一张金色的七弦琴，琴的上方交叉地立着两支长号，而当时尤其令我觉得稀罕的是，在长号的嘴子上还各挂着一个面具，这边一个阴沉沉的，那边一个笑呵呵的，但眼睛都只有两个空洞。——最前面三排已经坐满了，我挤到第四条长凳上，在那儿发现有我一个同学坐在自己父母亲旁边。在我们身后，座位便逐渐高上去，直到最后那条只卖站票的所谓廊子，离地板差不多已足有一人高。那里似乎已经客满，我看不十分清楚，因为只在两边墙壁上挂的白铁罐中点着不多几支油脂烛，光线微弱，加之粗笨的木椽顶棚也使厅内变得异常幽暗。我的邻座要给我讲一件发生在学校里的趣闻，我不明白，他怎么还有心思去想这档子事。我眼睛看见的，只有那在舞台和乐池的灯光照耀下显得十分庄严的幕布。这当儿它轻轻颤动起来，幕后那个神秘世界业已开始活动。又过了一瞬，蓦地传出一声清脆的锣响，观众席上的嘈杂声戛然而止，帷幕随即迅速升了起来。——我只往舞台上一瞅，时光仿佛就倒退了一千年。我看见一座有着望楼和吊桥的中世纪城堡，两个一尺高的小人儿站在院子当中，激动地说着话。一个小人儿蓄着黑胡子，头戴饰有羽毛的银盔，身披绣金斗篷，下身穿着条红裤子，这就是普法尔兹伯爵西格弗里特。他正要去征讨信奉异教的摩尔人，因此吩咐身穿蓝色绣金短袄站在一旁的年轻管家戈洛，要他留在城堡中保护伯爵夫人格诺维娃。可是不忠心的戈洛装模作样，好似拼命反对自己的好主人单枪匹马去投入这场恶战。他俩在争论时不住地转动脑袋，胳臂也一下一下地猛甩猛挥。这时吊桥外边传来一阵微弱的、拖长的喇叭声，接着美丽的格诺维娃便穿着天蓝色长裙，从望楼后奔了出来，一下子抱住自己丈夫的肩膀："啊，我最最心爱的西格弗里特，但愿残暴的异教徒别杀死了你啊！"可是她毫无办法。喇叭声再次传来,伯爵挺直身子,威严地跨过吊桥,离开了院子。外面一支队伍开拔的声音清楚可闻。如今刁恶的戈洛已成为城堡的主宰。

戏继续演着,以下的故事跟你在书里读到的一个样。——我坐在板凳上一动也不动,完全给迷住了。木偶们的那些稀罕举动,那些就像真是从它们嘴里发出来的纤细而嘶哑的声音,所有这一切都赋予了这些小小的人儿以神秘的生命,赋予了它们以紧紧吸引着我双眼的磁石般的力量。

第二幕更加精彩!在城堡里的仆人中间出现了一个穿黄布褂子的老兄,名字叫卡斯佩尔。如果说这小子还不算活蹦乱跳的话,那就永远不会有什么东西是活蹦乱跳的啦。他不住地逗着乐子,叫观众笑得连大厅都抖动起来。他的鼻子大得像条香肠,中间必定还装着关节,因为在他发出愚蠢而滑稽的大笑的时候,那鼻头还会左右摆动,仿佛自个儿也乐得不可开交似的。同时,他的嘴巴也张得很大,下巴颏碰得咔啦咔啦直响,就像一头老猫头鹰在打咕噜一样。常常只听一声"来哉!"他便已经跳到了舞台上。然后他转向观众，先只用他的大拇指与观众攀谈。他这大拇指意味深长地转来转去，好像真的在讲："这儿没有，那儿没有；你得不着，你啥也没有！"临了儿再加上他那对斜视的眼睛，真正是太富有诱惑力了，以致不多会儿工夫，全场的观众也一个个变成了瞟眼儿。我更让这可爱的家伙完全给迷住了。

戏终于收场，我又坐在家里的起居室里，不声不响地吃着我的好妈妈重新替我热好的烤肉。父亲坐在靠椅上，抽着他那每晚必抽的烟斗。"喏，孩子，"他开了腔，"它们跟活人一样吗？"

"我不知道，爸爸。"我一边继续在碗里舀，一边说。我的脑子还完全乱糟糟的。

他若有所悟地微笑着，盯着我看了好一会儿。"听着，保罗，"他随后说，"你不能常进戏园子，闹不好，那些木偶最后也会跟你一块儿进学校去的。"

父亲的话不是没有道理。在接下来的两天中，我的代数练习退步得很厉害，以致数学教员警告说，要把我从第一名上降下来。可不，当我脑子里想着写 a+b=x-c 的时候，耳畔却听到美丽的格诺维娃那小鸟啁啾般纤细的声音："啊，我最最心爱的西格弗里特，但愿残暴的异教徒别杀死了你啊！"有一回——幸好没谁瞧见——我甚至在石板上写成了 x+ 格诺维娃。一次半夜三更，在卧室里冷不丁儿一声震天价响的"来哉"，穿着黄布大褂的可爱的卡斯佩尔便一个箭步跳到了我床上，他把两条胳臂撑在我脑袋左右的枕头上，俯下身来冲着我狂笑："哈哈，我的好兄弟！哈哈，我最亲爱的兄弟！"笑着笑着就用他那长长的红鼻子来啄我自己的鼻子，我便醒了过来。自然我也立刻明白，那只是一个梦。

我把这一切全憋在心里，在家里不敢提木偶戏一个字。谁知到了紧接着的礼拜天，喊话人又走街串巷，一边敲着铜盆一边高声宣告："今天晚上在打靶场，公演四幕木偶戏《浮士德博士下地狱》啊！"——这下可再也憋不住了。就像猫儿围着热粥转一样，我不声不响地在父亲身边踅来踅去，终于，他理解了我那痴呆的目光。

"波勒,"他道,"看你心里不滴出血来才怪哩,也许治你病的最好办法就是让你看个够。"说着,他便把手伸进背心口袋,掏了两个先令出来给我。

我立刻跑出家门,到了街上才明白过来,离戏开演还有整整八个钟头,够我等的呐。不过我仍然跑到花园后面的人行道上,站在打靶场敞开着门的牧地前,接着仿佛受到什么东西的吸引,不知不觉便走了进去。没准儿有几个木偶正从楼上的窗口往外张望吧,我想,要知道戏台就摆在房子的后墙边啊。不过,我还得先穿过牧地的凸起部分,那儿长满了茂密的菩提树和栗子树。我心里有点害怕,正在那里踟蹰不前,突然一头拴在旁边的大公羊往我背上猛抵一下,我便往前趔趄了约二十步。啊,我一看四周,已经站在大树底下了。

那是个阴晦的秋日,一片片黄叶已经从树上飘落下来,在我头顶上的空中,一群向海上飞去的水鸟在发出鸣叫。周围看不见一个人影,听不见一点声响。我慢慢穿过野草凄迷的小径,来到一片隔在园子和楼房间的石砌院坝上。院坝并不宽。——真的!那楼上果然有两扇朝着院子的大窗户,可是,在那些用铅条嵌起来的小小的玻璃窗背后,却黑洞洞的啥也没有,一个木偶都看不见。我站了一会儿,在周围的一片寂静中,不禁心惊胆战起来。

这当口,我发现沉重的院门突然从里面推开了一掌宽,与此同时,一个小小的黑头发的脑袋也从门缝中探了出来。

"丽赛!"我失声叫道。

她张大黑黝黝的眼睛望着我。

"上帝保佑!"她说,"我真不知道外边喊喊喳喳的是什么东西!可你到底是怎么进来的呢?"

"我吗?——我在溜达着玩儿,丽赛!——可你告诉我,你们现在是不是已经在演戏?"

她笑眯眯地摇了摇头。

"可是,你们又在这儿干吗呢?"我继续追问,同时越过院坝朝着她走去。

"我等我爸爸,"她回答,"他回旅馆取绳子和钉子去了,他在做今晚上演出的准备。"

"就你独个儿在这里吗,丽赛?"

"啊不,你不是也在这儿吗!"

"我是问,"我说,"你的母亲在不在楼上?"

不,母亲坐在旅馆里补木偶的衣服,只有丽赛独个儿在这里。

"听好了,"我又开始说,"请你帮个忙。在你们的木偶中有一个叫卡斯佩尔的,我非常想在近处看看他。"

"你说那个小丑吗?"丽赛问,好像考虑了一会儿,"喏,行啊,只是得快一些,要不爸爸就回来啦!"

说着我们就走进楼里,跑上陡斜的旋转楼梯。——大厅里黑得几乎什么都看不见,开向院子的窗户全让戏台给遮着了,只是这儿那儿地从幕布的缝隙中射进来一条条光线。

"来!"丽赛招呼我,同时把挂在侧面墙边的一条当挡子的睡毯撩上去。我们往里一钻,我就已经站在那神奇的殿堂前了。——可是,从背后看去,在大白天里,这儿显得是那样寒酸:仅仅是一个用木板条钉成的框子,上面垂着一块块色彩斑驳的布片，而它便是圣女格诺维娃向我展示自己的一生，使我神往陶醉的舞台。

然而我抱怨得太早了。那儿，在布景和墙壁之间绷着的一根铁丝上，挂着两个漂亮的木偶。由于它们是背朝着我，我没有认出是谁来。

"其他木偶在哪儿，丽赛？"我问，真巴不得一下子看见整个班子。

"在这个箱子里，"丽赛回答，举起小拳头敲了敲一口放在角落里的大木箱，"那边的两个已经穿戴好了，过去好好瞧瞧吧，他也在那儿，你的朋友卡斯佩尔！"

果真不错，就是卡斯佩尔。

"今晚上他又要演出吗？"我问。

"当然要演，每天晚上都少不了他！"

我抱着胳膊，站在那儿端详着我亲爱的无所不能的小丑。只见他由七根线系着，吊在铁丝上晃晃荡荡，脑袋耷拉在胸前，大眼睛盯着地板，红鼻头儿伸长得就像条宽宽的鸟喙。

"卡斯佩尔呀卡斯佩尔，"我自顾自地说，"瞧你吊在那儿多么可怜。"

蓦地，他像是在回答我似的："等着瞧吧，好兄弟，今晚上等着瞧！"

这是我自己脑子里在嘀咕呢，还是卡斯佩尔真对我这么说了呢？我不知道。

我转过脸来，丽赛已经不在跟前，她准是跑到了大门口，监视父亲是不是已经走回来啦。——这当儿，我听见她在大厅门边喊：

"喂，可别动我的木偶啊！"

说得是——叫我怎么能不动呢！我轻手轻脚地爬上旁边的一条长凳，开始一根一根地扯起那些线来。先是下巴颏儿啪啦啪啦动了，接着胳臂便举了起来，临了儿那根神奇的大拇指也开始灵巧地转来转去。这玩意儿一点儿不困难，我压根儿没想到演木偶戏竟这么容易。——只不过胳臂仅仅能一前一后地动，而在新近演过的戏里，卡斯佩尔显然曾经把胳臂向两边伸，是的，他甚至还用它们抱住过脑袋呐！我于是猛地拽所有的线，还企图用手掰弯他的胳膊，但是不成。掰着掰着，木偶的体内忽然咔啦一声。"且慢！"我想，"快快住手吧！我这样会闯祸的！"

我轻轻地从凳子上爬下来，同时已听见丽赛走回大厅的声音。

"快点儿，快点儿！"她一边叫喊，一边就拽着我穿过黑暗的场子，向外面的旋梯走去。"我原本是不该放你进来的，"她继续说，"管他呢，这下你该高兴了吧！"

我想起刚才那咔啦一声。"嗨，没什么事儿！"我自己安慰着自己，跑下旋梯，穿过后门，到了外边。

总算搞清楚了，卡斯佩尔不过是个真正的木偶；可是丽赛——她的口音多么动听！她并且马上就亲亲热热地领我上去看了她的木偶！诚然，她自己告诉我，她是瞒着父亲这样做的，这不完全对头。不过，就算不光彩，我还是得承认：这样地偷偷摸摸我心里并非不喜欢啊，相反，它倒使事情别有一番滋味儿。我想，当我穿过园子里的菩提树和栗子树，重新向着人行道慢慢溜去时，脸上一定带着扬扬得意的微笑。

我尽管转着这样一些自我陶醉的念头,可时不时地耳朵里仍响起那木偶身体里发出的咔啦一声。一整天,我想尽了办法,也没能使时时从我内心中发出的这个声音安静下来。

已经到了七点。今天是礼拜天晚上,打靶场内更加座无虚席,这次我是站在离地板五码高的后边,站在只花了两个先令的廊子上。白铁罩子里的油脂烛发着光,城里的乐师和伙计拉起了小提琴,帷幕徐徐地升上去。

台上出现一间屋顶穹隆的哥特式房间。浮士德博士身穿黑色长袍,坐在一本翻开的大书前,他苦苦抱怨,他所有的学问都没有用处。他衣裳破旧,负债累累,因此只好去找地狱里的魔鬼帮助。

"是谁在呼唤我?"从左边的穹顶上传来一个可怕的声音。

"浮士德,浮士德,别听他的!"从右边传来另一个温柔的声音。

然而浮士德与恶魔立下了誓约。

"可悲啊,可悲啊,你可怜的灵魂!"天使的叹息声轻得像微风,而同时,左边却响起咯咯咯的狂笑,笑声响彻了整个大厅。

这当口,有谁敲起门来。

"请原谅,老师!"浮士德的弟子瓦格纳走进了屋子。他请求允许他雇一个帮手干那些粗笨的家务事,以便能更专心地学习。"有一个叫卡斯佩尔的年轻人前来应征,"他说,"看样子人挺不错。"

浮士德和蔼地点点头,回答:

"很好,亲爱的瓦格纳,我同意你的请求。"说罢,师徒二人便一起下了场。

只听一声"来哉!"——果然是他。卡斯佩尔一步跳到台子上,背上的行囊直打战。

"感谢上帝,"我心里想,"他还是好好儿的,还跟上个礼拜天在美丽的格诺维娃城堡中一样地欢蹦乱跳!"说也稀罕,上午我在脑子里还当他只是个不怎么样的木头人,可现在他一句台词刚出口,又恢复了全部的魔力。

他在房间里一个劲儿地走来走去。"要是我亲爱的爸爸现在看见我,"他大声说,"他老人家才叫乐哩。他总是告诉我:'卡斯佩尔啊,好好干,要有出息!'——瞧,这会儿我不是有出息了吗?我一扔就会把我的东西扔出老远去!"说着,他做出一个要使劲扔背囊的样子,背囊倒确实顺着提线迅速飞到了穹顶上,可卡斯佩尔的两条胳臂却仍然紧紧贴着身子,不管怎么抽风似的抖来抖去,始终还是抬不起一点儿来。

卡斯佩尔不声不响地呆住了。——舞台背后骚动起来,传出来压低了的、急促的谈话声。演出显然中断了。

我的心停止了跳动:报应来了不是!我恨不得逃走,可又感到羞耻。要是丽赛因为我受到打骂怎么办!

突然,卡斯佩尔开始在舞台上哀号起来,脑袋和胳臂都软塌塌地耷拉着。瓦格纳学士重新出现在台子上,问他干吗这么大哭大叫。

"哎哟,我的牙齿,我的牙齿!"卡斯佩尔嚷嚷着。

"好朋友，"瓦格纳说，"让我瞧瞧你的嘴巴！"

当他抓住卡斯佩尔的大鼻子，把头凑到他上下颚之间去的时候，浮士德博士也重新进屋来了。

"对不起，老师，"瓦格纳说，"我不能雇用这个年轻人，必须马上送他进医院去！"

"那是家酒馆吗？"卡斯佩尔问。

"不，好朋友，"瓦格纳回答，"那是屠宰场，在那儿人家将替你把智齿从肉里拔出来，这样你的痛苦也就解除啦。"

"唉，亲爱的上帝，"卡斯佩尔哀叫着，"我这个可怜虫怎么这样倒霉呀！您说，'智齿'吗，学士先生？咱们家可还从来没谁有过这玩意儿！如此说来，咱这卡斯佩尔家族算是完喽？"

"反正，我的朋友，一个有智齿的用人我绝对不能要，"瓦格纳说，"智齿这东西只有我们学者才配长。可你还有个侄儿，他也到我这儿来谋过差事。也许，"他转过脸去冲着浮士德博士，"请阁下容我……"

浮士德博士威严地把头一转。

"你爱怎么办就怎么办吧,亲爱的瓦格纳,"他说,"可别用这等鸡毛蒜皮的事情来烦我,我要钻研我的魔术!"

——"听听,伙计,"一个在我前面趴在栏杆上的小裁缝对旁边的人说,"这可是戏里没有的呀,我熟悉这出戏,前不久在塞弗尔斯村才看过。"

另一个却只回答:"别出声,就你聪明!"说时还戳了他肋巴骨一下。

说话间,卡斯佩尔第二已经出现在舞台上。他和他生病的叔叔像得简直分不清谁是谁,说起话来腔调也一模一样,只不过他缺少那个灵活的大拇指,大鼻头里边似乎也没有关节。

戏又顺利地演下去,我心上的大石头也落了地,不多会儿,我便忘了周围的一切。魔鬼靡非斯托斐勒斯穿着火红的斗篷,额头上长着犄角,出现在了房中,浮士德正用自己的血,在与他签订罪恶的誓约:

"你必须给我当二十四年仆人,然后我就把身体和灵魂都给你。"

接着，他俩便裹在魔鬼的奇异斗篷里，飞到空中去了。为卡斯佩尔从天上掉下来一只长着蝙蝠翅膀的大蟾蜍。"要我骑上这地狱里的麻雀去帕尔马[1]吗？"他大声问。那畜生颤颤巍巍地点了点脑袋，他于是骑上去，飞到空中追赶先走的两位去了。

我紧贴厅堂后面的墙根儿站着，视线越过面前的所有脑袋，看得还更加清楚。幕布再次升起，戏已演到最后一幕。

限期终于满了。浮士德与卡斯佩尔双双回到了故乡。卡斯佩尔已当上更夫，他在黑暗的街道上逡巡着，高声地报着时辰：

列位君子听我说，
我的老婆揍了我；
可得当心那班娘儿们啊，
十二点啰！十二点啰！

---

[1] 帕尔马是意大利的城市。

远远地传来了子夜的钟声。浮士德踉踉跄跄地走上舞台,他企图祈祷,但喉咙里只能发出阵阵哀号,牙齿相互嗑打着。忽听空中响起一个雷鸣般的呼声:

Fauste,Fauste,in aeternum damnatus es! [1]

正当三个浑身黑毛的魔鬼在火雨中从天而降,前来捉拿可怜的浮士德的一刹那,我觉得自己脚下的一块木板动了动。我弯下腰去,准备把它挪好,却听见下面的黑窟窿里似乎有点什么响声,侧耳细听,竟像是一个孩子在哀哀啜泣。

"丽赛!"我脑子里一闪,"有可能是丽赛!"我所干的坏事又整个像块大石头似的压在了心上,现在哪儿还顾得上浮士德博士和他下不下地狱哟!

我怀着一颗狂跳的心,从观众中间挤过去,从侧面爬

---

[1] 拉丁文:浮士德,浮士德,你已永劫不复!

下了看台。我很快钻到看台下的空洞里边,顺着墙根站直身子往前摸去。因为几乎毫无光线,我到处都碰着支在里边的木条木柱。

"丽赛!"我呼唤着。

那刚才还听见的啜泣突然一下子没有了,却在最靠里的一个角落上,我发现有点什么东西在蠕动。我摸索着继续朝前走,果然——她坐在那里,身体蜷成一团,脑袋埋在怀中。

"丽赛,"我又问,"你怎么啦?你说句话呀!"

她微微抬起头来。"叫我说什么呢!"她道,"你自个儿清楚,是你把小丑给拧坏了。"

"是的,丽赛,"我垂头丧气地回答,"我相信是我弄坏了他。"

"嘿,你呀!——我不是告诉过你吗!"

"是的,丽赛,现在我该怎么办?"

"喏,啥也别办!"

"那结果会怎样呢?"

"喏，不怎么样！"说完她开始大声痛哭起来，"可是等我回到家……回到家我就会……会挨鞭子！"

"你挨鞭子，丽赛！"——我觉得这下子完了。"你父亲真这么凶吗？"

"唉，我爸爸可好啦！"她抽泣着说。

那么是她母亲！啊，我真恨这个板着面孔坐在售票口的女人，恨得简直要发狂！

这时从戏台那边传来卡斯佩尔第二的喊声："戏演完啦！玛格丽特，咱俩最后来跳个舞吧！"就在同一刹那，我们头顶上便响起杂沓凌乱的脚步声，人们乒乒乓乓爬下看台，向着出口涌去。走在最后的是城里的乐师和他的伙计们，我听见他的大提琴撞在墙上发出的嗡嗡声。随后便慢慢安静下来，只有在前边的舞台上，滕德勒夫妇还在谈话和忙碌。一会儿他俩也走进观众席，像是先吹熄了乐台上的灯，又在吹两边墙壁上的灯，大厅里越来越黑。

"能知道丽赛在哪儿就好啦！"我听见滕德勒先生大声地冲在对面吹灯的妻子说。

"她还会去哪儿!"妻子嚷嚷着回答他,"这个犟东西,还不是跑回旅馆去了呗!"

"老婆,"男人又说,"你对孩子也太粗暴了,她的心还那么嫩弱!"

"这叫什么话!"女人叫起来,"她就该受惩罚嘛。她明明知道,那个奇妙的木偶还是我故去的父亲传下来的!你永远也甭想再修好它,而第二个卡斯佩尔只能勉强代替一下!"

争吵声在空荡荡的大厅里回响着。我也蹲到丽赛旁边,我俩手拉着手,一点声息不出,就像两只小老鼠。

"这是我的报应,"刚好站在我们头顶上的女人又嚷开了,"为什么我要容忍你今晚上又演出亵渎上帝的戏呢!我天堂里的父亲最后几年再也不演它了啊!"

"得,得,蕾瑟尔!"滕德勒先生从对面喊,"你父亲是个怪人。这出戏一直很叫座,再说,我看对于世上那许多不信神的人也是一个教训和警戒!"

"但咱们就演今天这最后一次,从此别再跟我多废话!"女人回答。

滕德勒先生不响了。——整个大厅似乎还只有一盏灯亮着,夫妻二人慢慢朝着出口走去。

"丽赛,"我悄声说,"咱们会被关在里面哩。"

"随他去!"她回答,"我没有办法,我不想走!"

"那我也留下!"

"可你的爸爸妈妈……"

"我要陪着你!"

大厅的门碰上了,随后是下楼梯的声音,再后我们就听见他们在外面街上如何锁死大门。

我们仍然坐着。我们就这么一句话不讲地呆呆坐了约莫一刻钟。幸好这时我突然想起,我口袋里还有两块夹腊肠的面包,是我在来的路上用死乞白赖向我母亲要来的一个先令买的,后来看戏看得入了迷给完全忘记了。我塞了一块在丽赛的小手里,她一声不响地接着,好像理所当然该我张罗夜宵似的。我们吃了一会儿。随后就啥也没有了。我站起来说:"让我们到舞台后边去吧,那儿会亮一些,我想,外面一定有月亮!"丽赛温顺地任随我牵着,穿过那些横七竖八的板条,走到了大厅里。

我们钻进挡子后边的舞台,就看见了从花园中射进窗户里来的明亮月光。

在上午只挂着两个木偶的那条铁丝上,我看见今晚登场的全班人马。那儿挂着脸颊瘦削苍白的浮士德博士,额头上长着犄角的靡非斯托斐勒斯,三个黑毛小鬼,在生着翅膀的蟾蜍旁边还有两位卡斯佩尔。在惨白的月光中,他们全都纹丝不动,我觉得简直就像一些死尸。幸亏头号卡斯佩尔的大鼻子又耷拉到了胸脯上,不然,我相信他一定会拿眼睛恶狠狠地瞪着我的。

丽赛和我无所事事地在戏台子上东站站,西爬爬,这样过了一会儿,我俩又肩并肩地趴在了窗台上。——变天啦,一堆乌云升起来,就要遮住空中的月亮;下面的园子里,看得见无数的叶子从树上纷纷飘落。

"瞧,"丽赛若有所思地说,"乌云飘过来了!我慈爱的老姑妈不能再从天上看下边啦!"

"哪个老姑妈，丽赛？"我问。

"在她死以前，我曾住在她家里。"

我们重新凝视着外面的黑夜。风刮向我们的楼房，窜进并不怎么严实的小窗，原本静静挂在后面铁丝上的木偶开始噼里啪啦地碰响起来。我不由掉头一看，只见它们在风中一个个摇头晃脑，僵直的小胳膊腿儿乱舞乱挥。冷不丁地，受了伤的卡斯佩尔一扬脑袋，用两只白眼儿死死地盯着我，我心里于是嘀咕，还是避到旁边去吧。

离窗口不远，在布景挡着看不见那些乱跳乱舞的木偶的地方，立着一口大箱子。箱盖开着，上面胡乱扔着一些毛毯，估计是用来裹木偶的。

当我朝着箱子走去时，听见丽赛在窗口长长地打了一个呵欠。

"困了吗，丽赛？"我问。

"啊不，"她回答，同时把小胳膊紧紧抱在一起，"只是有些冷！"

真的，在这空荡荡的大厅中是冷起来了，我也感到凉飕飕的。"过来！"我说，"咱们把毯子裹在身上。"

丽赛马上站在我旁边，温顺地任我把她裹在一条毛毯里，临了儿看上去就像一只大蝶蛹，只是上边还露出一个极其可爱的小脸蛋儿。"我想，"她说，一对疲倦的大眼睛直盯着我，"我们可以爬进箱子里去，里边暖和！"

我明白这个道理，与荒凉冷清的大厅比较起来，那儿甚至是个僻静宜人的所在，简直就像间小密室。我们两个可怜的小傻瓜很快就用毯子包裹严实，紧紧相偎地坐在大箱子里，背和脚都抵在箱壁上。远远地，我们听见沉重的厅门的门枢在嘎嘎直叫，可在这儿，我们却既安全，又舒适。

"还冷吗，丽赛？"我问。

"一点儿也不啦！"

她把自己的小脑袋靠在我肩膀上，已经闭上眼睛。"我的好爸爸在做什么呢？……"她嘴里还喃喃着。随后，我从她平匀的呼吸听出来，她睡着了。

从我的位置，可以透过一扇窗户顶上的几块玻璃看到楼外。月亮又从刚才遮挡着它的云幕后边浮游出来了，慈祥的老姑妈重新可以从天空俯瞰人间，我想，她准是很喜欢这么做的吧。一道月华照在静静靠在我脸颊旁的那张小脸儿上，漆黑的睫毛宛如镶在面颊上的丝制花边，红红的嘴儿轻轻地呼吸着，只是时不时地还从胸中发出一两声短促的抽泣，就连这也很快没有了，天上的老姑妈目光是何等的温柔啊。

我一丝儿不敢动弹。我想："要是丽赛是你妹妹，能够一直留在你身边，那该多美哟！"要知道我没有姊妹，如果说，我对哥哥弟弟还不怎么想的话，我可是常常幻想过和一个妹妹在一起生活的情景。真不理解我的那些个同学，他们真有了姐姐妹妹，竟然还能跟她们吵嘴打架。

我想必就这么胡思乱想着，终于也睡着了。我现在还记得，我做了怎样一些荒诞不经的梦。我仿佛坐在大厅中央，两边墙壁燃着油烛，观众席上却空空如也，除我以外再没有一个人。在我的头顶上，木椽顶棚的下边，卡斯佩尔骑着地狱里的麻雀飞来飞去，一声接一声地喊叫着：

"坏哥哥!坏哥哥!"或者用哭丧的声音呼唤:"我的胳膊哟!我的胳膊哟!"

蓦地,我头顶上响起的一阵笑声,把我惊醒了,也许,使我醒来的还有那突然射着我眼睛的亮光吧。

"喏,瞧瞧好一个鸟窝!"我听见父亲的嗓音说。随后,他又稍显严厉地吼了一声:"快给我出来吧,孩子!"

一听这样的吼声,平素我总情不自禁地会站起来的。我竭力睁开眼睛,发现父亲和滕德勒夫妇站在箱子跟前,滕德勒先生手上拎着盏明亮的马灯。我挣扎着想站起来,但是不成,仍然酣睡着的丽赛妨碍着我,把她小身躯的整个重量都压在了我的胸脯上。然而,当一双骨节粗大的手伸过来准备抱她出去,我一眼看清俯在我们上边的乃是滕德勒太太那生硬的面孔的时候,我又猛地抱住我的小朋友,差点儿没把那女人头上戴的意大利旧草帽给拽下来。

"好小子,好小子!"她连声嚷着,往后退了一步。我呢,则从箱子里爬出来,简单明了地,无所顾忌地,讲了今天上午发生的事情。

"既然如此，滕德勒太太，"我父亲等我讲完以后说，同时做了一个很通情达理的手势，"您大概会允许我单独来和我儿子了结这桩事了吧。"

"好的，好的！"我急不可待地叫起来，仿佛他是答应给我什么最好玩儿的东西似的。

这时候丽赛也醒了，已被她父亲抱在怀中。我看见，她用小胳臂搂着父亲的脖子，一会儿凑近他耳朵急急忙忙地说些什么，一会儿温柔地望着他的眼睛，一会儿又下保证似的点着头。紧接着，木偶戏艺人也拉住我父亲的手。

"亲爱的先生，"他说，"孩子们已经相互说情。丽赛她妈，你也并不是那么铁石心肠！这件事咱们就算了吧！"

滕德勒太太藏在大草帽底下的脸仍然无动于衷。

"你自己会瞧见，没有卡斯佩尔你怎么混得下去！"她气势汹汹地瞪了丈夫一眼，说。

我望着父亲的脸，看见他高兴地挤了挤眼睛，于是放下心来，知道风暴即将过去。我父亲进而答应，明天将为修理那个受伤的木偶而显一显自己的身手，这时滕德勒太太的意大利草帽甚至也可爱地动起来了，我呢也就更加放心：我们两家都已经太平无事啦。

很快，我们便行走在黑暗的大街上，滕德勒先生拎着灯在前面开道，我们两个孩子手拉着手，紧跟着大人。

临了儿，"晚安，保罗！啊，我真想睡觉！"说完，丽赛就跑开了。我压根儿没有发现，我们已经走到家门口。

第二天中午我放学回来，在我家的作坊里碰见了滕德勒先生和他的小女儿。

"嘿，师兄，"我父亲一边检查木偶的内部结构，一边对木偶艺人说，"要是咱们两个机械师一块儿还修不好这家伙，那就太糟糕啦。"

"对吗，爸爸，"丽赛大声说，"要是修好了，妈妈也就不会再抱怨。"

滕德勒先生轻轻抚摸着女儿黑色的头发，然后转过脸来望着我父亲，听他解释打算如何修理木偶。

"唉，亲爱的先生，"他说，"我并非什么机械师，这个称号只是我连同木偶一起承继下来的。论职业，我原本不过是贝希特加登的一名木刻匠。可已故的岳父——您大概听说过他——却是著名的木偶戏艺人盖塞布莱希特,我老婆蕾瑟尔至今仍以有这位父亲为荣哩。卡斯佩尔身体里的机关就是他造的,我不过刻了一下面孔而已。"

"嗨,嗨,滕德勒先生,"我父亲也说,"这个就已经是艺术。而且——请你讲一讲,当我儿子干的蠢事突然在演出中间暴露出来时,你们怎么可能一下子就想出了补救的办法。"

谈话开始令我感到有些尴尬了。可忽然,滕德勒先生善良的脸上闪烁着木偶戏艺人所有的机智的光辉。

"是的,亲爱的先生,"他说,"为了应付这种情况,我们总是准备着一些噱头儿。就说这家伙,他也有个侄儿,就是卡斯佩尔第二,声音和他一模一样!"

这期间,我已扯了扯丽赛的衣服,领着她顺顺当当地溜进了咱们家的花园里。我和她就坐在眼下也替咱俩遮着荫的菩提树下,只是当时那边那些花坛里没有开红色的丁香花。不过我清楚地记得,那是在一个阳光灿烂的九月的午后。我的母亲也从厨房里走过来,开始和木偶戏艺人的小姑娘搭话,要知道妈妈也是有自己的一点儿好奇心的。

她问小姑娘叫什么名字,是不是一直就这么从一个市镇流浪到另一个市镇。——嗯,她叫丽赛——这个其实我已对妈妈讲过好多遍啦——这是她的第一次旅行,因此嘛她的标准德语还讲得不怎么好。——她是不是念过书呢?——当然当然,她去念过书。不过做针线却是跟她的老姑妈学来的,老姑妈也有这么个花园,她们也曾坐在花园中的长凳上。现在呢却只能跟母亲学,她母亲可严厉啦!

我母亲赞许地点点头。——她的父母亲大概打算在此地停多久呢?她又问丽赛。——嗯,这她可不知道,这得由她的母亲来决定。一般嘛,在每个地方多半待四个礼拜。——喔,那么,她是不是也准备了继续旅行的暖和大衣呢?要知道,这么坐在敞篷车上,十月里就已经很冷了呀。——喏,丽赛回答,大衣她已有一件,不过挺薄挺薄的,所以在来的路上她已感到冻得够受。

我可是看出来,我母亲早已等着听这句话,她于是道:

"听我讲，小丽赛！我在柜子里挂着一件挺好的大衣，还是我当大姑娘那会儿穿过的，现在我的身材已没当时苗条啦，再说我也没有女儿，没法改出来给她穿。赶明儿你就来吧，丽赛，它会使你有一件暖暖和和的大衣的。"

丽赛高兴得脸蛋儿通红，转眼间已吻了吻我母亲的手，搞得我母亲反倒十分不好意思起来，你知道，我们这地方的人不大懂得那一套愚蠢的礼节！——幸好这时两个男人从作坊里走来了。

"这回算是有救啦，"我父亲大声说，"不过……"他举起食指来朝我点了点，表示警告，我受的惩罚也就结束了。

我高高兴兴地跑回屋里，依照母亲的吩咐取来她的大披巾，用它仔仔细细地把刚出院的卡斯佩尔包裹起来，免得街上的孩子们再像他来时那样大呼小叫地跟在旁边跑。他们这样做虽然是出于好心，可对木偶的康复仍然不利啊。随后，丽赛抱着木偶，滕德勒先生牵着丽赛，在千恩万谢之后，父女俩便顺着大街，朝打靶场走去。

接着便开始了一段对孩子们来说最最幸福的时期。丽赛不只第二天下午，而是一连好多天都上我家里来。她固执地请求了又请求，直到终于同意了她参加缝制自己的新大衣。虽然交给她做的都是一些无所谓的活儿，可母亲说小孩子就该锻炼锻炼。有几次我也坐到她们旁边，给丽赛读一本父亲在拍卖场上买来的魏森的《儿童之友》。她还从来不知道有这么有趣的书，听得高兴极了。"真有意思！"或者"嘿，世界上竟有这等事！"她一边听一边常常发出惊叹，做针线的手便停在了怀里。有时她也仰起头来，用一双聪明的大眼睛望着我，说："是啊，这些故事真不知编得有多好！"

我仿佛今天还听见她的嗓音。

讲故事的人沉默了。在他那富于男性美的脸上，洋溢着一种宁静而幸福的表情，好似他方才所讲的一切虽已成为往事，却并未消逝。

过了一会儿，他又讲起来：

我的功课在那一段时间是做得再好不过了，因为我感觉到，父亲的眼睛比以往更加严厉地监视着我，我只能以更加努力为代价，才能换得与这些木偶戏艺人交往的权利。

"是些可敬的人啊，这滕德勒一家！"一次我听见父亲说，"裁缝旅店的老板今天腾给了他们一间更像样的房间，他们每天早上都准时清账。只是那老头子说，他们订的饮食却少得可怜。——而这个嘛，"我父亲补充说，"却使我比旅店老板更喜欢他们，他们可能在省钱以备急需，其他的流浪艺人可不是这样。"

我多高兴听见人家称赞我的这些朋友呀！是的，他们都是我的朋友，就连滕德勒太太现在也从她那意大利大草帽底下亲切地向我点头，每当我晚上从她的售票口旁边——我已不需要票——溜进大厅里去的时候。——每天中午我放学回来跑得才叫快哩！我知道，在家里一定能碰见小丽赛，她要么在母亲厨房里帮着做些这样那样的小事，要么坐在花园里的长凳上读书或者做针线什么的。不久，我也把她争取过来当了我的帮手。在我觉得已经把事情的奥妙了解得差不多以后，便决心一不做二不休，也要建立一个自己的木偶剧团。首先我开始雕刻木偶，滕德勒先生的小眼睛里闪着善良而俏皮的光芒，在挑选木料和雕刻刀法方面给了我指点与帮助。没过多久，从一块木头橛子里确确实实也诞生出一个卡斯佩尔似的大鼻子。然而，那小丑穿的黄布大褂我却很不感兴趣，因此，丽赛必须用又去找老加布列尔要来的碎布头儿，缝制成各式各样滚金镶银的小斗篷小短袄，以备将来让上帝知道的其他那些木偶穿戴。老亨利也时不时地从作坊里来我们这儿看看，他衔着一根短烟袋，是我父亲的伙计，从我记事之日起就在我们家里了。他从我手里夺过刻刀，三下两下就使这儿那儿有了点样子。可是我想入非非，甚至对滕德勒那个顶呱呱的卡斯佩尔也不感到满足，我还要创造一些崭新的东西。我为我的木偶想出三个从未有过的、灵活之极的关节，使它的下巴能左右摇摆，耳朵能来回移动，下嘴唇能上下开合。嗨，它最后不是由于关节太多而未出世就早早夭折了的话，准会是个闻所未闻的大好佬哟。而且非常遗憾，不论是普法尔兹伯爵西格弗里特，还是木偶戏中的任何别的英雄，都未能经我之手得到愉快的新生。——对于我来说，比较成功的是建造了一个地下室。天气冷的日子，我和丽赛就坐在里边的小板凳上，借着从装在头顶上的一块玻璃透进来的微光，我给她念魏森的《儿童之友》中的故事。这些故事，她真是百听不厌呀。同学们因此讥讽我，骂我是女孩子的奴隶，怪我老跟木偶戏子的女儿混在一起而不再和他们玩耍。我才不管他们哩，我知道，他们这么讲只是由于嫉妒，可有时把我惹急了，我也会很勇敢地挥起拳头来的。

然而生活里的任何事情都有个期限。滕德勒一家的全部剧目已经演完，打靶场的木偶戏台拆掉了，他们又做好了继续上路的准备。

于是，在十月里一个刮大风的午后，我就站在城外一处高高的土丘上，目光哀戚地一会儿瞅瞅那向东通往一片荒凉旷野的宽阔砂石路，一会儿充满期待地回首张望，瞧瞧那在低洼地中烟笼雾罩着的城市。瞧着瞧着，一辆小小的敞篷车就驶过来了，车上放着两口高高的箱子，车辕前套着一匹活泼的棕色小马。这次滕德勒先生坐在前面的一块木板上，他身后是穿着暖和的新大衣的丽赛，丽赛旁边是她母亲。——我在客栈门前已经和他们告过别，可随后我又赶在前面跑到了城外，以便看看他们所有的人，并且已经得到父亲同意，准备把那本魏森的《儿童之友》送给丽赛作为留念。此外，我还用自己节省下来的零花钱为她买了一包饼干。

"等等，等等！"我高叫着冲下土丘。

滕德勒先生拽住缰绳，那棕色小马便站住了。我把自己小小的礼品给丽赛递到车上去，她把它们放到了旁边的座位上。可是，当我与她一句话也说不出来，只把四只手紧紧地握在一起时，一刹那间我们两个可怜的孩子便哇地一声哭出来了。这当口滕德勒先生却猛一挥鞭。

"别了，孩子！要乖乖儿的，代我感谢你的爸爸妈妈！"

"再见！再见！"丽赛大声喊着。小马开始迈步，它脖子底下的铃儿又叮当叮当响了起来。同时我感觉到她的小手从我手里滑出去了。就这样,他们又继续漂泊,在那广阔而遥远的世界上。

我重新爬上路旁的高丘,目不转睛地遥望着在滚滚尘土中驶去的小车。铃儿的叮当声越来越弱。有一会儿,我还看见在木箱中间有一块白色的头巾在飘动。最后,一切都渐渐消失在了灰色的秋雾里。这当儿,一种像死的恐怖似的感觉突然压在我心上:你再也见不到她啦,再也见不到!

"丽赛!丽赛!"我大声喊叫起来。

可是毫无用处。也许是由于转弯的缘故吧,那个在雾气中浮动的小黑点完全从我视线里消失了,这时我便疯了似的顺着大路拼命追去。狂风刮掉了我头上的帽子,靴筒里也灌满了沙土,我跑啊跑啊,可是能见到的只有连一棵树也不生的荒凉旷野,以及罩在旷野上的阴冷的、灰蒙蒙的天空。

薄暮时分,当我终于回到家里时,我的感觉是城里的人仿佛已全部死绝。这,就是我平生所尝到的第一次离别的滋味儿。

此后的一些年，每当秋天又来到，每当候鸟又飞过我们城市的花园上空，每当对面裁缝旅店跟前的那些菩提树又开始飘下黄叶，这时节我便会常常坐在我家门外的长凳上，心里巴望着：那辆由棕色小马拉的敞篷车终于又会像当初一样，顺着大街，丁零丁零地从下边爬上来了吧。

然而我白白地等待，丽赛啊她没有回来。

十二年过去了。像当时的许多手艺人的儿子一样，我先在数学专科学校结了业，然后又在正规中学读完三年级，末了就回家跟自己的父亲当了徒弟。这段时间，我一边学手艺，一边还读了不少好书。现在，又经过了三年的漫游，我终于落脚在德国中部的一座城市里。城里的人笃信天主教，在信仰这个问题上，他们是一点不懂得开玩笑的。当他们唱着赞美诗、举着圣像在街上游行过来的时候，你要不自动脱下帽子，他们就会给你把帽子打脱。除此之外，他们倒都是些好人。——我帮工的师母是位寡妇，她的儿子也在外地干活儿，为的是取得行会规定的漫游三年的资格，将来好申请当师傅。我在这个家里过得挺不错，她希望人家在外地怎么待她儿子，她就怎么待我。不久，我们相互之间已如此信任，营业几乎全掌管在我的手里。——如今，我们的约瑟夫又在她儿子店中帮工。他写信来讲，老太太经常如此娇惯他，就像祖母对自己嫡亲的孙儿一样。

喏，在一个礼拜天的午后，我和师娘坐在起居室里，起居室的窗户正对着前面一所大监狱的正门。那是在一月里，气温表降到了零下二十度，外面街上一个人也没有。不时地还从附近的山里刮来呼呼的寒风，把小冰块卷得在铺着石块的街面上乱滚，同时发出咔啦咔啦的声音。

"这会儿能坐在暖和的房间里，喝杯热咖啡是够惬意的。"师娘说，同时给我满满地斟了第二杯热咖啡。

我踱向窗口。我的思想已飞回故乡，但不是飞到我的亲人身旁，我在那儿已没有亲人，我已尝够了生离死别的滋味儿。我的母亲还容我最后亲手替她老人家合上了眼睛；几个礼拜前我的父亲也去世了，可却在当时来说是相隔那么遥远的情况下，我甚至没能回去替他老人家送葬。

只不过呢,父亲的工场还等着游子去接管,虽说老亨利还健在,并且得到行会师傅们的同意,可以把营业继续维持一段时间。再说我自己又答应过师娘,要再坚持几个礼拜等她的儿子回来了才走。然而我的内心再也得不到平静,父亲的新坟不容我继续滞留在异地。

从街对面传来厉声的呵斥,打断了我的思路。我抬起头,看见监狱的铁门开了一点点,看守那张肺痨病人似的脸从门缝中探了出来,他正举起拳头,吓唬一个年轻女子。这女子似乎不顾一切,拼着命想挤进那平常令人望而生畏的房子里去。

"准是有个亲人关在里边,"师娘从她的靠椅上同样看清了眼前的一幕,说,"可对面那老坏蛋没有心肝。"

"他只不过是尽他的职责罢了。"我说,脑子里仍然想着自己的心事。

"这样的职责咱可不想尽。"师娘顶了我一句,几乎有些生气地倒在椅背上。

这时候对面监狱的门已经关死,那个年轻女子肩上只披着一件短短的小大衣,头上裹着一块黑头巾,正沿着结了冰的街道慢慢走去。师娘和我都待在自己的位子上,默然无语。我相信——要知道我现在也动了恻隐之心——我们两个都感到必须给人家一点帮助,只是又不知道该怎么办才好。

我正准备离开窗口,那女子又从街上走回来了。她停在监狱门前,一只脚已经犹犹豫豫地踏到了连接着门槛的石阶上。可随后她一扭头,我便看见一张年轻的脸,一对黑色的眼睛。这眼睛正带着孤苦无告的神色,扫视着空无一人的街道,她似乎到底还是鼓不起勇气再去对抗那狱吏的气势汹汹的拳头。慢吞吞地,她又朝前走了,一边走一边还不住地回过头来看那紧闭着的大门,显而易见连她自己也不知该走向何方。当她转过监狱的墙角,折进通往上边那座教堂前的小街时,我情不自禁地摘下门后挂钩上的帽子,跟着她追去。

"嗯,嗯,保罗森,这样做就对啦!"我好心的师娘说,"只管去吧,我这就来热咖啡!"

我走出房子，外面真是冷得要命，周围死气沉沉。在大路顶头处耸峙着的山峰上，黑压压一片枞树林俯视着城市，看上去煞是可怕。大多数房屋的窗上都结着冰凌，要知道，并非所有人都像我师娘那样，在家里存着大堆大堆的木材啊。——我顺着小街走向教堂广场，在那儿的大木头十字架跟前结了冰的土地上，跪着那个年轻女子。她低垂着脑袋，双手叠在怀中。我沉默无语地走过去，当她抬起头来仰望着耶稣基督血污的脸时，我才说：

"请原谅，我打断了您的祷告。可您大概不是本地人吧？"

她只点了点头，没有改变姿势。

"我想帮助您，"我又开了口，"您只管告诉我，您打算上哪儿去！"

"我也不知道该上哪儿去。"她嗓音喑哑地说，说完又低下了头。

"可再过一小时天就黑了，这样的鬼天气，您是不能再待在大街上的！"

"仁慈的主会帮助我。"我听见她低声说。

"是的,是的,"我提高了嗓门,"我差不多相信,我就是他派来帮助您的!"

仿佛是我响亮的嗓音惊醒了她,只见她站起身来,迟疑地走向我。她伸长脖子,脸慢慢地朝我的脸靠近,两道目光盯在我脸上,恰像用它们把我定住了似的。

"保罗!"她突然大叫一声,就如从心底里发出来的纵情的欢呼,"保罗!是的是的,是仁慈的主派你来帮助我的!"

我真叫有眼无珠啊!我竟又见到了她,我的儿时伴侣,那个演木偶戏的小丽赛!自然,她眼下已成长为一位窈窕美丽的少女,在她童年时总是笑吟吟的脸上,最初的欢乐的光辉消逝了,如今只留下深深的愁苦。

"你怎么一个人到这儿来的?"我问,"出了什么事?你的父亲在哪里?"

"在监狱里头,保罗。"

"你父亲,那个善良的人!——不过先跟我回去,我在此地一位厚道的太太家里当帮工，她知道你，我常常对她讲你的事。"

接着，我们手拉着手，就像儿时一样，向着我好心的师娘家走去。她从窗户里已经看见我们。

"这就是丽赛！"我在跨进房间时大声说，"您想想，师娘，丽赛啊！"

好心的老太婆在胸前合起掌来。

"仁慈的圣母玛利亚啊，保佑我们吧！丽赛！——原来她像这个样子！可是，"她继续说，"你和那个老坏蛋有什么关系？"她抬起手来指着对面的监狱，"保罗森可是告诉过我，你是诚实人家的孩子呀！"

不过话音未落，她早拉着姑娘进了里屋，把她按在靠椅上坐下，在丽赛开始回答她问话的时候，就已经把一杯热腾腾的咖啡递到姑娘嘴边。

"快喝点儿，"她说，"先定定神，瞧你的小手都完全冻僵啦。"

丽赛只得先喝，在喝的时候两颗晶莹的泪珠滴到了杯子里，随后老太太才允许她讲话。

现在她已不像当初和适才孤苦无告时那样讲家乡的土话，家乡话对她的影响已所剩不多。她父母亲尽管没再到咱们北部的滨海地区来，却多半仍然滞留在德国中部一带。几年前母亲已经死了。"别抛下你的父亲啊！"她临终时还凑着女儿的耳朵嘱咐，"他那颗心好得像个孩子，在这个世界上是混不下去的！"

回忆到这儿丽赛又痛哭起来。老太太重新替她斟满咖啡，想以此止住她的眼泪，她却一点儿不肯喝。过了好一会儿，她才能继续往下讲。

母亲死后，她的第一个任务就是接替死者，跟父亲学习在木偶戏中扮演女角。这期间，还得张罗着为母亲举行葬礼，做头一批的安魂弥撒。事毕，父女二人便抛下亲人的新坟，重新踏上旅途，照常去全国各地演他们的木偶戏：《失踪了的儿子》《圣女格诺维娃》以及其他剧目。

昨天，他们就这么走进了一座有教堂的大村子，在那儿作午间休息。父女二人吃过简单的午餐以后，滕德勒就倒在桌边一条硬邦邦的长凳上,酣睡了半个钟头。丽赛这时则在外边喂他们的马。过了一会儿,他们又身上裹着毛毯,冒着严寒,重新上了路。

"可我们还没走多远,"丽赛讲道,"从后面村子里就赶来一个骑马的警察,冲着我们大喊大叫,说是酒店老板柜台里的一包钱被人偷走了,而当时唯有我那无辜的父亲在房里!唉,我们远离故乡,没有亲友,缺少体面,又谁都不认识我们!"

"孩子,孩子,"师娘说,同时向我招手示意,"快别讲这些造罪的话!"

可是我没吭声,丽赛的抱怨并非没有道理。——他们不得不返回村里,马车上装的东西全给村长扣下了,老滕德勒还奉命跟随骑着马的警察,步行到城里投案去。尽管警察一再地驱赶她,丽赛仍远远地跟在后面,满以为至少可以陪父亲蹲蹲大牢,直到仁慈的上帝使真相大白。谁料人家却认为她没有嫌疑,监狱的看守理所当然地把这硬往里钻的姑娘拒之门外,说她压根儿没有在他那所房子里栖身的权利。

丽赛仍然想不通,她说,这个惩罚比真正的小偷将来肯定会受到的所有惩罚都重。但是她马上又补充说,她也并不希望小偷受到多么严重的惩罚,只要她善良的父亲的冤屈能够昭雪就成。唉,他多半是熬不过来了呀!

我突然想起,无论对于对面那个监狱老看守,或是对于刑事检察官先生,我都是个少不了的人,他们一个靠我替他修纺纱机,一个靠我替他磨那把宝贝折叠刀。通过前者,我至少可以去探视关在牢里的人;在后者面前,我至少可以为滕德勒先生出个担保,也许还能促使他加快案子的办理。我请求丽赛忍耐忍耐,自己随即动身到对面的监狱去。

害痨病的老狱史正在大骂那些无耻的娘儿们,说她们总是没完没了地要求去牢里看自己的贼丈夫或贼老子。可我不准他这么称呼我的老朋友,除非法院"依照法律"加给他这样的称呼,而且我敢保证,此事绝不会发生。终于,在你一言我一语地争论一阵以后,我们才一块儿爬上宽大的楼梯，到了楼上。

在这所古老的监狱里，空气似乎也被囚禁起来了，我一踏进长长的走廊，迎面便扑来一股浊气。走廊两边是门挨着门的单人牢房。在差不多到了顶头的那扇门前，我们停下来，狱吏抖搂着一大串钥匙，想要找出需要的一把。门嘎嘎响着开了，我们跨了进去。

在牢房中央，背冲着我们，站着一个瘦小男人。只见他仰着头，仿佛正在仰望那透过墙上高高的窗孔俯视着他的一角愁惨的苍天。在他的脑袋上，我立刻认出了像短剑般兀立着的头发，只不过它们也像外边的自然界一样，已经一片雪白。我们进门时，小个子男人转过了身来。

"您大概不认识我了吧，滕德勒先生。"我问。

他不经意地瞅了瞅我。"不，亲爱的先生，"他回答，"非常抱歉。"

我说出自己故乡的名字，然后道：

"我就是那个淘气鬼，他当时拧坏了您奇妙的卡斯佩尔！"

"啊，没关系，一点没关系！"他尴尬地应着，样子十分谦卑，"我早已忘记了。"

显然，他没有留神听我的话，而只是机械地动着嘴唇，像在自顾自地讲着别的什么。

我告诉他，我刚才碰见了他的丽赛，这下子他才瞪大两眼望着我。

"感谢上帝！感谢上帝！"他边说边合起掌来，"是的，是的，小丽赛和小保罗，他俩那会儿在一道玩儿过来着！——小保罗！您就是小保罗？啊，我完全相信：那活泼的孩子善良的小脸儿还没有变！"他激动地点着脑袋，头上短剑般的白发也颤动起来。"不错不错，我们再没到你们那儿的海边去。当初可还是好时光，我的老婆，伟大的盖塞布莱希特的闺女还和我在一起！'约瑟夫，'她总是讲，'人脑袋上要是也有根提线，你就会对付他们啦！'——要是她今天还活着，人家就不会关我进监狱。你仁慈的主哟，我可不是贼呀，保罗森先生！"

看守在掩着的门前的走廊里踱来踱去，已经哗哗哗地把钥匙串摇过几次了。我极力安慰老人，要他在过堂时提出让我作证，须知我在此地是颇有点儿声誉的。

我一跨进师娘房间，老太太就冲我嚷起来：

"她是个犟丫头，保罗森，我拿她简直没办法。我给她腾过夜的房间，她却非走不可，非要去乞丐收容所或上帝知道的其他什么地方！"

我问丽赛，她有没有带身份证。

"主啊，身份证已经叫村长给收去了！"

"那没有哪个旅店老板会让你进门的，"我说，"这你自己也清楚。"

她当然清楚。师娘于是拉着她的手，高高兴兴地摇着说：

"我琢磨，你该是有自己的头脑的。这个小伙子已经详详细细告诉我，你们曾经怎样一块儿蹲在箱子里。我才不会这么轻易让你从我家中走掉哩！"

丽赛困窘地低着脑袋，接着却又性急地、刨根问底地向我打听她父亲的情况。我详细告诉了她，然后向师娘要了几样卧具,再加上自己用的一点,一齐亲自送到对面的牢房中去,事先我已得到看守的允许。——这样,在夜幕降临的时刻,我们就能祝福自己待在冷清的牢房中的老朋友,祝他躺在温暖的被窝里,枕着世界上最软的枕头,也睡上一个香甜的好觉。

第二天上午,我正准备出门去见刑事检察官先生,监狱看守趿拉着早晨穿的拖鞋就朝着我走来。

"您对了,保罗森,"他用他那中气不足的嗓音说,"这人的确不是贼。真正的贼他们刚刚送来了。您那老头子今天就会释放。"

果然,几小时后监狱的大门打开了,老滕德勒被看守喊口令般的声音驱赶着,走到了我们跟前。正是摆午饭的时候,因此师娘在他也坐上桌子以前怎么也安静不下来,但是他对那些上好的饮食几乎碰都没碰,不管师娘怎么使劲儿劝他。他仍旧寡言少语,坐在女儿身边就像心不在焉似的,只是时不时地,我发现他抓起她的手来轻轻地抚摸着。就在此时,门外传来一阵铃儿的叮当声,我对这声音太熟悉了，听着它，我又回到了遥远的童年。

"丽赛！"我柔声道。

"嗯，保罗，我听见啦。"

转眼我俩已站在门外。看啊，它沿着大街慢慢爬上来了，那辆载着两口高高的箱子的小马车，就像我曾在故乡无数次地盼望的那样。一个年轻的庄稼汉走在车旁，手执缰绳和马鞭，只不过，那铃铛儿如今已挂在一头白色的小马驹脖子上。

"棕色小马哪儿去了？"我问丽赛。

"棕色小马，"丽赛回答，"它有一天倒在了车前，父亲立刻去村里请来了兽医，可它再也没能够站起。"说时，泪水从她的眼里掉了下来。

"怎么啦，丽赛？"我说，"现在不是一切又都好了吗？"

她摇摇头。"我不放心我父亲！他那么不声不响，怕是受不了这样的耻辱啊。"

丽赛以她忠实的女儿的眼睛看得不错。他俩一在小客栈里安顿下来，老人就开始做继续上路的打算——他现在不愿再在此地抛头露脸——谁料这当口儿却患了寒热病起不来床啦。我们不得不马上请来医生,然而病却拖了很久。我担心他们会陷入困境,便把自己的积蓄拿出来帮助丽赛,可她却说:

"你的帮助我乐于接受,不过别担心,我们还没拮据到这种田地。"

我无计可施,只好满足于与她轮流在夜里守护病人,或在晚上他感觉稍好时坐在病榻旁陪他个一时半会儿。

如此,我还乡的日期便临近了,心情也随之越来越沉重。甚至看见丽赛我就感到难过,她不是很快又要跟随父亲流浪到广阔、遥远的世界上去了吗?要是他们有个故乡多好!将来叫我到何处去寻找他们呢,如果我想带给他们一个问候和消息的话!我想到了我们第一次离别后的十二年,难道又要熬过长长的十二年才能再见,或者到头来永生永世都再也见不到了吗?

"请代我问候你的家庭,当你回到了故乡,"临别的那天晚上,丽赛送我到门口说,"我眼前还看见那所房子,那门前的长凳,那园中的菩提树,啊,我永远不会忘记它们。在这个世界上,我再没有找到过那样可爱的地方!"

"唉,丽赛,"我说,"现在哪儿还有我的家哟!人去屋空,满目凄凉啊!"

丽赛没有回答,只让我握着她的手,用自己善良的眼睛望着我。

蓦然间,我仿佛听见了我母亲的声音:

"抓住这只手带她回去,这样你又有家啦!"

我果真抓紧丽赛的手,说:

"跟我一块儿回去吧,丽赛,让咱俩共同努力,在那现在无人居住的家中,开始一种新的生活,美好的生活,就跟那两位你热爱的人所过的生活一个样!"

"保罗,"她大声说,"你是什么意思?我不明白你的话。"

可是,她的手却在我手中剧烈颤抖,我只得恳求她:

"啊,丽赛,理解我吧!"

她沉默了片刻,然后说:

"我不能离开我的父亲,保罗。"

"一定让他跟咱们一块儿去,丽赛!在后屋,那儿空着两个房间,他可以居住和工作,老亨利的卧室就在旁边。"

她点点头。

"可是保罗,咱们是流浪艺人,你的那些老乡会怎么讲呢!"

"他们会大讲特讲,丽赛!"

"难道你不害怕吗?"

我只笑了笑。

"喏,"丽赛说,嗓音清脆得像银铃似的,"要是你都害怕的话,那我更该怕死喽!"

"这么说,你也是乐意的啰?"

"嗯,保罗,如果我连这个都不乐意,"她冲我摇着她那黝黑的脑袋,"那,那我永远不会再乐意什么了!"

"孩子,"讲故事的人转开话题,道,"你只有再长好几岁,才会慢慢明白,姑娘的一双黑眼睛在说这些话时将怎样望着你!"

"不错,不错,"我心里想,"特别是那样一双能把湖水烧干的眼睛!"

"喏,不是吗,"保罗森又开始说,"现在你也肯定知道,谁是丽赛了吧?"

"保罗森太太!"我回答,"好像我没有先见之明似的!可她讲话总还带点南方口音,细细的眉毛底下一双眼睛仍旧漆黑漆黑的啊。"

我的大朋友笑起来,我却暗自决定,在回房去时要好好注意一下保罗森太太,看还能不能在她身上认出那个演木偶戏的丽赛来。

"可是,"我问,"那位滕德勒老先生又到哪儿去了呢?"

"我亲爱的孩子,他已去了我们大家最终都要去的地方,"我的朋友回答,"在那边的绿色墓地里,他与我们的老亨利并排安息在一起。不过,随他进坟墓的还有另外一位,还有我童年时代的一个小朋友。我很乐意给你讲,只是咱们得再走开点儿,我妻子有可能正好来找咱们,而这件事我不愿让她再听见。"

保罗森站起来,我们于是信步走去,来到了花园背后的环城林荫道上。我们只遇见很少的人,眼下已是晚祷的时候。

你瞧,孩子——保罗森又开始讲他的故事——老滕德勒当时对我和丽赛的婚约非常满意,他怀念和他相识的我的双亲,他对我也怀着信任。再说,老艺人也已厌倦了流浪生活,是的,自从他感到有让人混同于那班堕落下流的游民无赖的危险,他心里便越来越渴望有个安定的家。我好心的师娘对婚事却表示不赞成,她担心,一个四处流浪的木偶戏艺人的女儿即便再愿意,也成不了一个有根有基的手工业者般配的妻子的。——喏,如今我的师娘早已不这么想啦。

一个礼拜以后,我就回到了这里,从山区回到了海边,回到了自己的故乡。我和老亨利狠抓了一下营业,同时为约瑟夫老爹布置好了后屋中那两间空着的房间。——又过了两个礼拜,正值园子里的春花开始飘香的时节,从下面街上便传来了铃儿的叮当声。"师傅,"老亨利叫着,

"他们来啦！他们来啦！"接着，那辆载着两口高高的木箱的小马车，便停在了我家门前。丽赛来了，约瑟夫·滕德勒老爹也来了，两人都眉开眼笑，满脸红光。整个的木偶戏行头都跟着他们一起搬进了我家里，因为有过明确的协议，这些东西必须陪伴约瑟夫度过晚年。反之，小马车不几天就卖掉了。

随后我们举行了婚礼，不过气氛冷冷清清：我们在城里再没其他亲戚，只有我的老同学码头总监在场做证婚人。丽赛和她的父母一样信奉天主教，可是我们从未想到这会对我们的婚姻有妨碍。头几年她大约还去过邻近的城市做复活节的忏悔，在那儿有个天主教教区你是知道的，到了后来，她就只向自己的丈夫吐露自己的心事了。

新婚后的第一个早上，约瑟夫老爹放了两只口袋在我面前的桌子上，大的一只里装的是哈尔茨矿区铸的银币，小的一只里装的是克莱姆尼茨地方铸的金元。

"你从来没问起过，保罗，"老爷子说，"可咱们丽赛也并非穷得连一点陪嫁都没有哇！再说，我反正也用不着了。"

这就是我父亲当初说过的积蓄。眼下，在他儿子重新开业的节骨眼儿上，这钱来得正是时候。自然，我岳父是把自己的全部财产都交出来了，从此就指望着孩子们的关照。不过尽管如此，他仍旧闲不住，而是重新找出了自己的刻刀，在作坊里帮着干些活儿。

木偶们连同全套舞台道具，都存放在厢房顶楼的一个贮藏室里。只有礼拜天下午，他才一会儿把这个，一会儿把那个拿进他的小房间，整理它们的提线呀关节呀，擦拭擦拭呀，或者把什么地方修理修理。这时候，老亨利常常衔着短烟袋站在旁边，听他讲木偶的故事，而木偶们差不多又是个个都有自己特殊的遭遇的。可不是嘛，现在已经知道，那个雕刻得十分可爱的卡斯佩尔，当初在丽赛的爸爸向妈妈求婚的时候，还为自己年轻的制作者充当过媒人哩。为了使某些场面更加生动具体，老爷子讲着讲着就动起提线来，我和丽赛往往也站在院坝中，透过葡萄藤遮掩着的窗户往房里窥视，可里边的两个老小孩儿多半会玩得忘乎所以，非得等我们情不自禁地鼓起掌来，才会发现我们这些观众的存在。

过了一年,约瑟夫老爹又找到了别的事干,他把整个花园都管了起来,栽花种树,收获果实。礼拜天,他总穿得干干净净地在花坛间踱来踱去,一会儿修剪蔷薇丛,一会儿给丁香和紫罗兰绑上亲手削制的小撑木。

我们生活得和和美美,心满意足,我的营业也一天好似一天。对于我们的婚事,故乡的好人们热热闹闹地谈论了几个礼拜。可是正由于众口一词,都认为我这样做是发了疯,没有一个持不同意见,便失去了火上浇油的对立面,谈着谈着也就没劲儿了。

接着又是冬天,约瑟夫老爹在礼拜日重新从顶楼的贮藏室里把他的木偶们搬了下来。我想过,往后的一些年头,他就会这么安安静静地,在时而种种花草时而玩玩木偶之中,度过去了吧。不料有一天早上,我正一个人坐在起居室吃早餐,老人家却表情异常严肃地走了进来。

"女婿,"他用手一连挠了好多次他那短剑般竖立着的白发,终于尴尬地说,"我可不能老是这么眼睁睁地在你们家白吃饭呀!"

我闹不清他的意图何在,但仍问他为什么会产生这样的想法,他不是也在作坊中帮忙吗?我的营业现在有了更多盈利,不也主要是他在我婚后那天早上交给我的钱,产生了利息吗?

他摇摇头,说这一切都不够,何况那笔小小财产的一部分,还是他当初在我们城里赚的呢。眼下行头还在,所有的剧目也仍然记在他的脑子里。

我这才明白过来,是那个老木偶戏艺人不让他安静,他已不能仅仅满足于只有他的朋友老亨利这么一个观众,而必须再次在聚集起来的众多的人面前,演出他的节目。

我努力劝阻他,可他老是不肯罢休。我和丽赛商量,临了儿到底不得不依了他。老头子自然最希望的是丽赛仍像婚前一样在剧中演女角,但是我和丽赛商量好,装作听不懂他的暗示。要知道,对于一位市民和手工业师傅的妻子来说,那是万万不行的。

幸好——或者你也可以说:不幸——当时城里有一个

名声挺不错的女人,她曾经在剧团里提过词,所以对这档子事并非毫无经验。这个因为腰身伛偻而被人叫作驼背小丽丝的女人,马上接受了我们的聘请。紧跟着,每当夜晚和礼拜天的下午,约瑟夫老爹的小窗前,老木偶艺人便站在从天花板上挂下来的景片之间,真的与驼背小丽丝一幕一幕地排起戏来了。每次排练后他总是说,驼背丽丝这个娘儿们机灵极了,甚至丽赛也学得不如她快,只是她唱起歌来不怎么样,瓮声瓮气的嗓子总是提不高,要演必须唱歌的美丽的苏姗娜就别扭。

　　终于决定了公演日期。这次一切都要尽可能讲究点,场子不再是打靶场,而是过米伽勒节时举行中学生演讲比赛的市政厅。再有礼拜五下午,我们的好市民在打开自己刚收到的小小周报时,一则大字广告就会跳进他们的眼帘:

　　明日,星期六晚上七时,在市政厅,机械师约瑟夫·滕德勒亲自演出带歌唱的四幕木偶剧:《美丽的苏姗娜》。

然而，当时生活在我们城里的，已不是我童年时代那些善良而好奇的青年了。这期间已经历过所谓哥萨克的冬天¹，在手工业学徒中间尤其滋长了一种恶劣的、放荡不羁的习气，就连当年那些可敬的市民中的木偶戏爱好者，如今也已把心思用到别的事情上去了。可尽管这样，要是没有那个黑铁匠和他的儿子们在场，一切也许仍然会顺顺当当。

我问保罗森，黑铁匠是谁，我怎么在城里从未听人谈起过这个人。这我相信——保罗森回答——黑铁匠几年前已经死在收容所里了，不过当时他还和我一样当师傅来着。要说呢人倒不笨，就是工作和生活一样都吊儿郎当，白天挣的钱晚上便喝酒打牌全部花干净。他对我的父亲已经有仇，不光因为父亲的买主比他多得多，还因为他俩年轻时曾在一块儿学徒，他由于对我父亲搞的恶作剧而被师傅开除了。从那年夏天起他就加倍恨我，因为城里新开了

---

1 指1813年冬天。当时由于哥萨克军队的入侵而引发了骚乱和饥馑。

一家织布厂，尽管他拼命地拉生意，修配纺织机的工作还是交给了我一个人。自此，他和他的两个儿子便不放过任何发泄自己怨恨的机会，对我进行种种的挑衅。说起他那两个儿子，他们在他那儿学徒，干起坏事来甚至赛过了自己的老子。可我当时却没有心思去顾及这号人。

演出的晚上到来了。我在家里还有些账册需要整理，所发生的事情是事后听我妻子和老亨利讲的。他们俩陪着我岳父一起上市政厅去了。

前排的座位上几乎完全没有人，中间也坐得稀稀落落，只在最后的廊子上才人头挨着人头。——当演出面对着这样一些观众开始以后，一上来一切倒也正常，小丽丝记住了自己的台词，念起来顺顺溜溜。可随后却来了那支倒霉的歌子！不管她怎么卖力使劲，也没能使嗓音变得柔和一点，正如约瑟夫老爹先前所说，她唱得真是瓮声瓮气的。突然廊子上有人大叫一声："唱高一点儿啊，驼背丽丝！唱高点儿！唱高点儿！"当丽丝听从人家的呼喊，拼命去爬那无法达到的高音阶时，大厅中更爆发出阵阵狂笑。

台上的演出停止了,从布景中间传出来老木偶戏艺人颤抖的喊声:

"先生们,我求诸位静一静!静一静!"

与此同时,提在他手里正与美丽的苏姗娜配戏的卡斯佩尔,就像得了痉挛症似的把自己灵巧的鼻子不住地甩来甩去。

于是又引起哄堂大笑。

"欢迎卡斯佩尔唱歌!"

"唱俄国歌!唱《漂亮的敏卡,我得走啦》!"

"卡斯佩尔万岁!"

"不行,要卡斯佩尔的闺女唱歌!"

"是吗,想得妙!她如今已当上老板娘,再不干这营生啦!"

这么闹了好一会儿。突然扔来一块大铺路石,不偏不倚地直冲着舞台飞去,一下子打中卡斯佩尔的提线,小木偶从老艺人手中滑脱,掉到了地上。

约瑟夫老爹已经忍无可忍,不顾驼背丽丝的恳求,爬到了演木偶戏的台子上。——迎接他的是雷鸣般的掌声、笑声、跺脚声。也许,老人家把脑袋伸在布景中,两手狂挥乱舞,发泄着自己的义愤,那样子看上去确实是够滑稽的吧。

在一片混乱之中,幕布突然落了下来,是老亨利降下了它。

这时候,在家里算账的我也感到了某种不安。我并不是想说,我已预感着什么不幸,而只是心里忍不住要去看看我的亲人们。

我正准备登上市政厅前的石阶,突然上面一大群人冲着我涌来,叫声笑声乱成一片。

"乌拉!卡斯佩尔完蛋啦!洛特完蛋啦!好戏收场啦!"

我抬眼望去,看见上面正是黑铁匠那个崽子的丑脸。一见我他们马上不吱声了,擦着我身边跑出门去,我心中已经明白,罪魁祸首是谁。

到了上边,我发现大厅几乎空了。在后台,我的老岳父已完全瘫了似的倒在一把椅子上,手捂着脸。丽赛跪在

他面前,见了我便慢慢地站起来,难过地望着我,问:

"喏,你现在还有勇气吗,保罗?"

可是还没等我回答,她已扑过来搂住我的脖子,想必是已经从我的目光中看出我仍然有勇气吧。

"让咱们坚强地生活在一起,保罗!"她低声说。

而你瞧,我们不是就凭勇气和诚实的劳动,挺过来了吗?

第二天,我们刚起床,就发现有人在我们的门上用粉笔写了"木偶戏子波勒"[1]这样几个字,显然是来嘲骂我们的,我却不动声色地把它给擦去了。后来,当它在公共场所又几次出现的时候,我便发出了坚决的警告。人们知道我是不会开玩笑的,从此也就不再吱声了。——而今给你提起这个绰号的人,想必并没有什么恶意,所以我也不想知道他的名字。

从那天晚上起,我们的约瑟夫老爹就成了另外一个

---

[1] 波勒是保罗这个名字的别称。

人。我告诉他谁是罪魁祸首，说人家那么干与其说是冲着他，不如说是冲着我来的。但是没有用。在我们不知道的情况下，老爷子很快就把自己的全部木偶送到一个公开拍卖场，它们一个个在孩子们和收破烂儿女人的欢呼声中，很便宜地给卖掉了。他再不愿见到自己的木偶。——可惜，他为此选择的办法却太糟糕了。一当春天的阳光再次照进大街小巷，那些卖出去的木偶又一个接一个地从黑暗的内室跑到光天化日下来：这儿一个小姑娘抱着圣女格诺维娃坐在门槛上，那儿一个小男孩正在教浮士德博士骑他的黑猫。有一天，在打靶场附近的一个花园里，普法尔兹伯爵和那只地狱里的麻雀更并排挂在一棵樱桃树上，充当着吓雀儿的稻草人的角色。我们的老爹看见自己的那些宝贝真是难过得要命，最后几乎不再离开我们的家和园子一步。我看出来，他对自己那么急急忙忙地卖掉木偶已经感到内疚，于是便设法把它们中的这个那个赎了回来，交还给他，然而他并未因此感到高兴：整个的班子反正是已经毁啦。不过，够奇怪的，不管怎么费尽九牛二虎之力，我再也打听不出那个在所有木偶中最最珍贵的宝贝儿，那个绝妙的卡斯佩尔，藏到哪个角落里去了！而没有他，全世界的木偶又算得了啥！

很快，另一出更严肃的戏剧也落了幕。我们的老爹肺病复发，眼看已经危在旦夕。他躺在病榻上，非常耐心的，对我们任何细小的关照都满怀着感激。

"是啊，是啊，"他微笑着说，高高兴兴地抬起眼来望着天花板，好像能透过它看到那个遥远的彼岸世界一样，"一点不错，我是从来不会与世人打交道，可到了天上和天使们在一块儿，总会好一些的，至少，无论如何，丽赛，我也能在那里找到你的母亲。"

孩子般善良的老人死了，我和丽赛都为失去他而非常难过。老亨利没过几年也步了他的后尘，在他还独自活在世上时，每逢礼拜天下午便漫无目的地走来走去，仿佛想找什么人却又总是找不着似的。

我们用岳父在园子里亲手种的花朵把他的棺木盖起来，花环之多大大增加了灵柩的重量。人们把他的棺木抬到公墓里，那儿靠近围墙已挖好一个墓穴。在棺木放下去后，我们的老牧师就走到墓穴边上，讲了一番安慰和祝愿的话。老牧师一直是先父母忠实的朋友和顾问，我的坚信礼就是他主持的，丽赛和我结婚也是请他行的婚礼。墓地周围黑压压地站满了人，仿佛一位老木偶戏艺人的葬礼也一定有什么特别的热闹好瞧。事实上的确也发生了一点特别的情况，只不过知者不多，仅有站在我们近旁的人才发现了罢啦。当老牧师按照风俗操起准备好的铁锹，铲了第一锹土往下扔的一刹那，从离开家门就一直靠在我胳膊上的丽赛突然痉挛地抓住了我的手。土掉在棺木上发出嗵嗵的响声。"你是泥土所捏成！"牧师刚刚才念出这么一句词儿，我就看见越过众人的头顶，从围墙边上朝我们飞来一个什么东西。我一开始以为是只小鸟，可它却很快地往下沉，刚好落到了墓穴里。由于我站在稍微高一点的土堆上，一转头正好瞅见黑铁匠的一个儿子在公墓的围墙后边蜷下身去，随后便逃跑了。我突然明白发生了什么事。丽赛在我旁边尖叫一声，老牧师再次举起的铁锹也滞留在了空中。我往墓穴中一瞧,便证实了自己的猜想:在棺木顶上,在鲜花和土块之间,坐着部分身子已经让土盖住了的他,坐着我童年时代的老朋友卡斯佩尔,那位小小的滑稽大王!——不过他眼下的样子一点儿不可笑,而是悲哀地把大鼻子垂在胸脯上,还举起那条拇指十分灵活的胳臂来指着天空,仿佛要向世人宣告,在世间所有的木偶戏演完以后,那天上就有另一出戏要开场啦。

这一切我也只是在一瞬间看见的,牧师的第二锹土跟着就倒了下去:"所以你应该再变成泥土!"——当土块从棺木上滚下时,卡斯佩尔也从花堆中掉进坑底,让泥土掩埋起来了。

随后,在铲下最后一锹土时,牧师念出了令人感到安慰的祝愿:"愿你能从泥土里获得再生!"念完"我们的圣女",人们纷纷散去,这时老牧师才走到还一直呆呆望着墓坑出神的我和丽赛面前。

"有人没安好心,"他说,同时亲切地拉住了我们的手,"让我们以自己的方式来看待这件事吧!诚如你们对我讲的,死者在自己年轻的时候雕成功这个小小的人儿,并用它为自己争取到美满的婚姻,后来在自己的一生中,他都用它去使那些工作之余来看戏的人们愉快开心,有时还让这个小丑嘴里说出令上帝和世人一样爱听的至理名言。——我自己就曾看过他的演出,在你们还是孩子的时候。——现在尽管让这小小的杰作随它的大师去吧,这正应了咱们《圣经》上的话!你俩可以放心,好人都能从自己的辛劳中得到安宁。"

这样,我们便心情宁静地回到了家里,但从此就像再也见不到自己善良的父亲约瑟夫一样,我们也没再见到绝妙的卡斯佩尔。

这一切——我的朋友停了一会儿说——都使我们非常难过,但是我们两个年纪轻轻,并未因此就死去。不久以后,我们的小约瑟夫也出世了,我们便有了一个美满幸福的家庭所必需的一切。年复一年地,只有那个黑铁匠的大儿子还使我回忆起这些往事。如今他成了一个永远到处流浪的帮工,破衣烂衫,潦倒堕落,靠同行业的师傅按行会规定给予他这种人的施舍过活,在经过我家时也同样每次都要进来乞讨。

　　我的朋友不再作声,眼睛盯着墓地上那些大树背后的晚霞出了神;我呢,却早已看见保罗森太太那张亲切的面庞正探出我们又重新靠近的花园门,在朝我俩张望。当我们向她走去时,她大声道:

　　"我真想不通!你俩有什么事要商量这么久?快进屋吧!上帝的恩赐已经摆上桌子,码头总监也早等着了,还有约瑟夫和他的老师娘来的信!——可你干吗这么瞅着我,孩子?"

　　师傅微微一笑。

　　"我把有些秘密告诉他了,老婆子。他现在想看看,你是否真的还是那个演木偶戏的小丽赛!"

　　"嗯,当然是!"她回答,同时含情脉脉地瞅了瞅自己的丈夫,"好好瞧瞧吧,孩子!要是您瞧不出来,这儿的这个人——他可知道得太清楚啦!"

师傅默默地伸过胳膊去搂住她。随后大伙儿就进屋去,庆祝他俩的结婚纪念日。

他们真是些极好的人啊,保罗森和他那演木偶戏的丽赛!

爱情短经典：茵梦湖

唯有深情不惧时光，让爱情经典随手可读

图书在版编目(CIP)数据

茵梦湖/(德)施笃姆著;杨武能译.--昆明:云南美术出版社,2020.9

(爱情短经典;7)

ISBN 978-7-5489-3747-0

Ⅰ.①茵… Ⅱ.①施… ②杨… Ⅲ.①中篇小说-小说集-德国-近代 Ⅳ.①I516.44

中国版本图书馆CIP数据核字(2020)第143114号

责任编辑:梁 媛 何青亮
责任校对:赵 婧 温德辉 邓 超
产品经理:曹俊然 冯 晨

爱情短经典

茵梦湖

(德)施笃姆 著 杨武能 译

出版发行:云南出版集团
云南美术出版社(昆明市环城西路609号)
制版印刷:北京盛通印刷股份有限公司
开 本:787mm×1092mm 1/32
字 数:120千字
印 张:5
印 数:1—6,000
版 次:2020年9月第1版
印 次:2020年9月第1次印刷
书 号:ISBN 978-7-5489-3747-0
定 价:138.00元(全7册)

如发现印装质量问题,影响阅读,请联系 021-64386496 调换